女子の生き様は顔に出る

河崎環
kawasaki tamaki

プレジデント社

女子の生き様は顔に出る

まえがき

女が嫌いだ。それと同じくらい、女が好きだ。

ひとまず外側から自己紹介すると、私は「女」という種類の体の入れ物に入っている。でも多分日本人女性としては結構大きいほうで、身長も166センチだし靴は25・5センチだから、欧米で暮らしている時は天国だったけれど、日本に帰国してからは何かと窮屈なことも。実名で15年間つらつらと物書きを続けてきた個人事業主であると同時に妻であり、2児の母でもあり、そんな生活ももう20年になる。親から見れば娘であり、弟からすれば姉であり、夫の実家から見たら嫁で……。

初めまして、河崎環と申します。1人の女にも、いろんな役割があるもんです。

ただ、自分が女であることを強く意識し始めたのは出産してからだったように思う。身体的のみならず精神的にも、否定したくとも し難く、あぁ、自分は結構ちゃんと女なんだと思った。産む性ならではの強靭《きょうじん》さや大胆さ、しぶとさや厚顔を、自分の中に発見した。でも、同時に世間に期待される「女としてあるべき姿」に辟易《へきえき》もし始めた。

学生時代の私は、現代の典型的な女子校出身者メンタルの持ち主で、能力に男女差などない、むしろ女子のほうが男子よりポテンシャルがあって優秀、と豪語してはばからないゴリゴリ女子だった。東大合格者数日本一という超絶女子進学校で、しかも誤った宝塚的倒錯を起こさせてしまう演劇部などに入り、歌って踊る男役までやってしまった。

女子にモテるという奇妙な十字架を背負った上、さらに20歳前後で男女関係なく能力主義（という名目）の米国のリベラルなアカデミックライフにかぶれてしまったのもよくなかった。アグレッシブでアサーティブなのがクールでロックと信じ、当時流行りのグランジファッションをズルズル着て、口を開けば「米国では〜」が口癖。そりゃもう、生意気盛りアホ盛りでございました。

しかしながら「世間は共学である」。

〝女は三歩下がって〟が大好きな日本社会において、そんな女は大変に日本男児に受けがよろしくない。大学時代、研究室を見学に来ていた一流企業のおじさま方に向かって滔々《とうとう》としゃべり終えたドヤ顔の私を待っていたのは、おじさまからの「キミいくつ？　ハタチ？　へぇ、偉いんだねぇ、キミ」というキッツーい皮肉。日本を代表する大企業の部長たる「偉いひと」を、想定レベルに見合った丁重さで扱えない小娘を非難する視線と口調に、当の生意気で無知な小娘は世間の洗礼をようやく受けたのだ。

さらに20代前半で早々に結婚・出産した私を待ち構えていたのは、「女子だから」「女子なのに」とは一度も口にしなかったリベラルな家庭と教育環境に教えられてきた理想の人間像になんて、まるで手の届かない「無」のような自分の姿。「頑張れば、賢ければ、仕事も家庭もあれもこれも全部の幸せが手に入る」と信じてきたけれど、あれもこれもは手に入らなくて、それは私が賢くないからなんだ、私がダメなんだ、私の努力が足りないんだと自分を責め、でも、そうやって悩み苦しんでいるのは、どうやら私１人ではなさそうだった。世間の定型にはまらないというのは、勇気のいることだ。新しい型を作るのも、労力のいる作業だ。

だから、「女であること」に悔しさと誇り、愛着と嫌悪を、等分に感じてやってきた。読者諸姉にもそんな感情は理解してもらえるのではないか。そして自らが女性でありながら、女性に対してどこか不思議な距離感を持ってきた。友人へ、先生へ、母へ、先輩後輩へ、同僚やライバルへ、ひょっとして娘へ、あらゆる女性に、同じ女性だからこそ「なぜこの人はこの人生を選ぶのだろう」と考えながら。

女が嫌いだ。それと同じくらい、女が好きだ。

本稿が連載されていたプレジデントオンラインを運営するプレジデント社発行のビジネス誌『PRESIDENT』では、以前「女の口紅はなぜ、赤いのか?」という特集を組んだという。それは赤みを使って一種の性的興奮状態を再現することで、より社会的に有利になるから……との(当の女から見るとふーん、って感じの)結論だったようだけれど、その口紅の「赤」は、女が自分の生を鼓舞する赤となることもあると、記しておきたい。阪神大震災の後、くたくたになった被災女性たちの気持ちを、一本の口紅が救ったというエピソードが、ずっと心に残っている。

女性たちは鏡に映った自分の顔に血色が戻ったのを見て、「大丈夫、やっていける、生き抜いていける」と自分に言い聞かせることができたのだという。女という「型」は、与えられた型であるようでいて、その人を救うこともある。

女には、さまざまな感情がある。それを見つめていきたいと思って始めた連載だった。

連載開始当時、ビジネス畑ではやたらと「女は感情的で、ロジカルに考えられない」という論調があって、影響を受けやすい素直で優秀な女たちが「感情とは論理やエビデンスに劣る、要らないものだ。ロジカルに考えるため、自分から感情を排さねば」と信じて無表情になり、香りも艶もどんどん失ってスカスカになって、その分変なところでストレスを爆発させているのが、とても気になっていたからだ。正直言えば、「バカ言ってんじゃないよ、その感情の機微こそが、女たる性のアドバンテージだよ！　どうして論理か感情かの二項対立でものを考えるんだ？　人間的な感情を否定した上に成り立つ薄っぺらなビジネス人生が〝正解〟だなんて、ちゃんちゃらおかしいわ！」と腹を立てていた。

自分の人生を、見も知らぬ他人がしたり顔で言う御託に売り渡しちゃいけない。他人が用意した「女」という服に自分を当てはめるのは、もうやめよう。当てはまらない自分にがっかりするのも、もうやめよう。自分で好きにオーダーしたり、自分で縫い上げたり、女がそういうことをできる時代じゃないか。

ジタバタせずに「こういう女」であることを引き受けて、さぁ、どう生きようか。この本が、そんな「自分を引き受けようとする女」たちのヒントになることを（そしてあわよくば「まだ自分を引き受けかねている男」たちの刺激になることをも）願っている。

恋愛、結婚、出産

女と仕事

日本と世界と女と男

ボーナストラック

本書は、プレジデントオンライン連載「WOMAN千夜一夜物語」(2015年9月~2016年8月)、「人生曼荼羅」(2015年11月~2016年7月)を一部加筆修正、編集したものです。オンライン掲載日は各コラムの末尾に付しました。

次の2本は書き下ろしです。
●「たまたまゴジラが出てくるだけの(日本的組織社会の)ドキュメンタリー」——40男たちが熱狂した『シン・ゴジラ』と3人の女たち
●好戦的なエロス——ナショナル・イベント御用達アーティストへ登り詰める、椎名林檎の勝ち戦

「女の悩み相談」イラスト=伊野孝行

恋愛、結婚、出産

アラフォーの私たちは吉田羊の夢を見るか？

アラフォーの私たちは、吉田羊になりたいか？

……「なりたいか」以前に「なれるのか」の問題じゃないのか厚かましい、という現実的だが野暮なツッコミは脇に置いて、考えてみよう。現実から逃避して妄想の世界にちょいと旅するのは、多忙なアラフォー女性のたしなみである。

さて胸に手を置いて考えてみよう、「私たちは、実力・容姿ともに兼ね備えた年齢不詳の女優として実年齢40歳にして大ブレイクし、数多《あまた》の映画、ドラマ、ＣＭで活躍し、その生き方を女性ファッション誌にフィーチャーされ、20歳も下のジャニーズアイドルと7日間お泊まり愛を報じられた、現代の〝アラフォーの星〟、吉田羊になりたいか」？

「なりたいよ、なれるもんならなりたいに決まってるじゃん！」という鼻穴全開の叫びと、「いや、別にそんなに……なんですかこのテーマは、プレジデントなのに」と首をかしげながらのつぶやきが一斉に聞こえてきそうだが強引に進めるぞ。

ちなみに私は「や〜、あの容姿ならそりゃなりたいわ〜。でも20歳下のジャニーズくんは、どう考えてもナイなぁ」というのが正直なところ。ジャニーズファンではないというのが大きいが、それ以上に大きいのは20も年下だと本当に自分の子どもとほぼ同い年なので心理的には犯罪レベル、という現実である。あぁ、夢がない。

でも、よくいるじゃないですか、自分の娘と同じくらい若い女性と付き合ったり結婚したりするオジサン。よくやるな〜、むしろなぜ双方に脳のブレーキがかからないのかな〜、やはり愛の前に年齢など関係ないのかそうなのか、人間って業が深いぜムムム、などと思うのだけれど、これはどうやら趣味の問題でしかないらしい。

とあるアラサー女子が「私、昔はオジ専で、21の時に45の既婚者と付き合ってました。彼は私の父よりも年上で、彼の息子さんは私と3歳しか違わなくて、いま考えると我ながらよく付き合ったな、って」と笑っていた件や、50にして25歳の教え子と再婚した大学教授の話など思い起こすに、ふむふむ、まあ確かに社会的に「そのマッチングはどうかなぁ」と異論を挟む向きもあるにせよ成立しているケースは多いし、好き嫌いは別として、そこら辺にあるのだ、「父と娘ほどの歳の差カップル」は。

では逆転して、「母と息子ほどの歳の差カップル」という言葉がもたらす響きを味わってみよう、と目を閉じる。……なんだか岩下志麻が出てくるぞ（映画『魔の刻』ご参照のこと）。ううむ、個人的にはなぜか「いや、そこに行かなくても他に選択肢はあるだろう」「アタマ冷やせ！」「ダメ、絶対」な感じしかしない。この背徳感というか禁断のナントカ、もはや何かの冒瀆とまで感じられるのはなぜなのか。「母と息子ほどの歳の差」はいったい何を冒瀆しているのというのか。そしてそれは、私たちの文化による刷り込みなのか、あるいは本能的なものなのか。

先日、面白い話を聞いた。思春期（第2次性徴期）に入った少年たちはホルモンバランスの変化で体臭が変わり、「男臭くなる」のだが、そのニオイを母親は特別に臭いと感じるのだそうだ。それは、近親相姦を防ぎ、母が息子を性的な対象として見ないための生理的な働きなのだという。自分の血を分けた息子にそういった関心を抱かないための仕組みがちゃんとあるとは、自然界って本当に親切に、よくできているもんだなあと感心する。

だからなのか、私は自分の子と同じくらいの年齢の若い可愛いイケメンを見ても、母の心境にしかならない。アイドルの顔を見ると、その母親のことを想像してしまう。「ふむふむ、これはお母さんがニュアンスのある和風美人で、そのＤＮＡの影響が強いのだな」「あぁ〜、この子のお母さんは相当ハデな顔立ちだろうな。しかも性格もハデそうだ」「おお、若いのに食べ方が綺麗だぞ、きちんとしたしつけを受けて育ったのだろうなぁ」「語彙が豊富だなぁ、家庭内の会話のレベルが高いのだろうな」。自分に子どもがあると、それをベンチマークのようにして、その世代の人々を見るようになる。すると、恋愛を目的とした関心対象からは自然と外れるのだ。

だからよく考えると、単なる年下婚といったレベルではなく、自分に娘がありながら、娘世代の（あるいはさらに若い）女性と交際する男性や、自分に息子がありつつ息子世代の男性と交際する女性は、「かなりのもの」だということになる。自分の子と同性で同世代の誰がしかと恋愛関係に陥る、何かしらのリミッターを外した「魔性」とか「魔女」とか「マニア」とか、「マ」のつく話になってくる。

吉田羊は母じゃないから、22歳の美形男性アイドルと交際しても、別におかしくはない。むしろだから強烈に感じさせられるのだ。女優・吉田羊は、実年齢42歳にして、母でも妻でもなく、生涯「女」である人生を選んでいるのだと。

さて、日本のアラフォーなる年代の女に、これほどの生き方の振れ幅が許容された時代、社会的承認が与えられた時代が、これまであっただろうか？　女の価値は24までという「クリスマスイブ説」やら、30過ぎたら女の「賞味期限」、35でもはや「消費期限」だ、だから35歳超えの女性求人など存在しないのだともっともらしいお題目など、かつての諸説によればアラフォーなんて完全に腐った果実、「廃棄ボックス行き」扱いだった。

やたらと崖っぷちで人が殺されて温泉に浸かる2時間枠のサスペンスドラマや、ロマンティックを超越してサイコな昼ドラではなく、日本の家庭の皆さんが家族で見るようなゴールデンタイムの番組に数多のアラフォー女優がフィーチャーされ、活躍している現在。ルックスだけではない、感情と頭を持った「人物」として描かれ、「イタい」のではなく「素敵な」鑑賞の対象として成立している現在。崩れていない体とシワのない顔だけが画面上に許されるのでなく、維持しようとする努力の中に顔を出す、年齢を感じさせる曲線を「醜い」ではなく「美しい」「味がある」と表現できるようになった現代。そういえば私たち女は、上の世代よりもだいぶ広い選択肢を手にしているのではないか。自分の母親が40の時、彼女たちにここまで自由でいる力はあっただろうか。

したがって、私は思うのだ。娘ほどの若さの女と交際しスキャンダルになる俳優たちがさんざん存在するのと同様に、息子ほどの若さの男と交際してスキャンダルになる吉田羊は、現代の「自由な力を持つ女」の筆頭だと。技術のおかげで肉体の若さを維持し、情報のおかげで感性の若さを維持し、自分の稼ぎで男におごり、自分の部屋へ連れ帰る。スゴイなぁ、羊ちゃん。羊ちゃんならそれができるし、似合う。だから羊ちゃん、どんどん行くところまで行って、同じアラフォーの私たちに夢を見せて欲しいのだ。「アラフォーは吉田羊の夢を見るか？」、答えは多分、ちょっとくらいイエスだ。

2016・6・28

「何を捨てるか」で女のかっこよさは決まる

「その質問が出るってこと自体、やる気があるのかと思っちゃうのよねぇ……」

その女《ひと》は信じられないという視線を送ってきたので、私は椅子の上に正座せんばかりの勢いで姿勢を正した。「あのねぇ、男にモテることを目指しているのに、周りの女にどう見えるかなんか考えてたらダメよ。女同士で言い合う『カワイイ』はウソよ！　女には嫌われてナンボよ！」「すみません、男性にも女性にもウケる婚活ルックなんて話を訊いて本当にすみません、（結婚20年の既婚者で子どもも2人いますが）婚活への覚悟が足りませんでしたッ！」

これは東京のオシャレ一等地にて、広告の仕事でカリスマ婚活アドバイザーに取材した時の話だ。記事のテーマは「崖っぷちアラフォーの婚活」（異論は多々あろうがぜひ広い心で読み進めてほしい）で、「アラフォー女性がいよいよ本気を出して婚活に挑もうとする時、まずはどんな服装がオススメですか？」と、アラフォーの私が（子持ち既婚だけど）聞くというもの。軽くゆるふわっとした案件のつもりで臨んだら、当日登場した取材相手は「50代半ばなのに後ろ姿は20代」を自負するバツ3、つまり猛者であるところの超絶美魔女だった。

引き締まった体をふんわりと包む白いミニ丈のワンピースに華奢なヒール靴。艶めく巻き髪はグッと上がったお椀型の胸元で軽やかに揺れ、「いまでもちょっと歩いていたら、すぐ男性に声かけられるわよ。逆に声をかけられないと、これじゃヤバいと思って麻布や青山界隈に『狩り』に行くのよ」と、もはや言うことが完全に女豹である。しかもいまの「彼氏」は、息子といってもいいほど若いのだそう。「男は若くてカラダがいいのがいいわよ、こっちも崩れてたまるかってカラダを維持するから〜」と聞いて、強めの刺激にこちらは鼻血を噴きそうだ。

しかしそれくらい道を極めた者が口にする教えには、染み込むような説得力がある。「アラフォーの婚活に効くのは、年齢肌に似合うピンクと黒レースの下着よ（当然上下セットよ）」と言われた私の足は、気づけば婚活の予定など1ミリもないのに下着屋に赴いていた。

さらに後日には、「夫婦問題解決の専門家」という女性にも取材機会があった。まるで狙ったかのようなタイミングである。「つまりね、熟年夫婦のそういった問題の解決法はただ一つ」、ずり落ちる眼鏡を手で押し上げながら、50代の彼女は続ける。「妻が愛の踏み絵を踏めるかどうかってことなのよ、例えば夫の要求に応えて、汗ばんだ加齢夫を舐められるか、寝室にSMグッズを導入できるかどうか」

「……」

困って押し黙るライター（私）と編集者をよそに、昼下がりの瀟洒《しょうしゃ》な一流ホテルティールームに、彼女の「グッズはいいわよ〜」という声が響き渡った。そんな彼女もバツ1で、「若いお医者さんが好きだから、イケメン医者ばっかり集めたサイトも運営しているのよ」と、ハツラツとした笑顔で去っていった。

それぞれ別の案件ではあったけれど、2人の50代女性の歯に衣着せぬ「そういう話」に、「あぁ、女は何か捨ててるくらいが一番カッコいいし面白い」という感想を持った。人の結婚をかなりの成婚率で支援しながら、自分は結婚という安定を捨てて若い男を〝狩る〟女。自分は若いイケメン医者をコレクションしながら、貞淑の「貞」を守るために「淑」を捨てて攻めろ、と説く女。でも、女であることを最後まで味わいつくすという点では、2人とも共通しているのかもしれなかった。

「品がない」という反応は想像に難くない。でも、彼女たちはそういう、すでにあるごく一般的な型に自分を当てはめようとする気持ちを捨て、どこか突き抜けた極端さを自分に許すことによって、それぞれのニッチなニーズを開拓し、ビジネスに成功している。そしてもう一つ彼女たち2人に共通しているのは、バブル時代をトップスピードで駆け抜け、世間に与えられた分かりやすい価値観の中で、分かりやすい幸せの形を一度は（あるいは三度）やってみたということだ。

やってはみた。でもうまくいかなかった。それなら方向転換だ。次だ、次に行こう。

女の人生は長い。女は荷物も多い。長い道のりを行くには、あれもこれも手に入れて携帯するのは負担も大きいし、みんな同じであるわけもない。女の人生にはカスタマイズと捨てる技術が必要だが、よくある片付け本が諭すように、まずは「(己の）キャパ」を知ることが先決。でもそれが人生途中じゃ皆目見当がつかないから、みんな苦労したり自分探ししたり恥をかいたりするわけで。「何を捨てるか」というのは意外と結果論に過ぎず、「ホントのところ、嫌じゃない程度に何を持っていくか」を自分に聞いてみるといいのではないかと思う。

さて、刺激的な取材が続いたさらに後日。また別の仕事で「カワサキさん、今度の地方ワイナリー取材、カメラマンに英国美青年をブッキングしました」と編集さんから連絡があった。ほろ酔いで1日中美青年を眺められるなんて、酒も美青年も好きな私になんのご褒美かしらと小躍りする。

だが当日いざ英国美青年君と行動してみると、私の娘（大学生）の年に近い彼を見て母の心境になり、「疲れてない？」「お腹空いてない？」「カメラ大丈夫？」「傘持とうか？」と世話焼きおばさん状態になっている自分がいた。私の「何を持っていくか」は、多分ずっと、「お母さんであること」なんだろうなぁ。

2015・10・20

子宮にまつわる話はなぜ〝燃え〟やすいのか

英語で〝Never trust anything that bleeds for seven days and doesn't die〟、「7日間流血し続けても死なないもの（=女）なんざ、信じちゃいけない」という常套句がある。

地元のバーでビールを瓶から飲みながら「なぁ、女なんて毎月生理で7日間も血を流し続けたくせに死なねぇんだぜ。あいつらこの世のもんじゃねえよ、なっ」とクダを巻く男たちの姿が目に浮かぶようで、微笑ましい。それくらい男性と女性の間には絶対的な機能上の違いがあるということだ。

その通りだ、男性諸君。そんな恐ろしい生き物を信用しちゃいけない。7日間の出血どころか、場合によっちゃ9カ月のうちに体内に別の生き物を宿して、ひねり出すんだぞ。普段ちょっと怪我して「血だ！」なんて騒いでいる男子からしたら、「きゃあっ！」と叫んで泣き出すようなレベルだぞ。どうだ怖いだろう！……と威張りたくなってしまうのは、そんな面倒のない身軽な男性たちへのうらやみなのか、それとも「この思いが分かってたまるか」という反感なのだろうか。

ともあれ女性にとって、子宮や生理というのはあっても面倒だが、なくても心配しなくちゃいけないものである。産むとか産まないとか、若さだとか加齢だとか、その人のアイデンティティと密接にリンクしている。それぞれの女性がそれぞれの温度感で、自分の体内にビルトインされた機能と向き合い、それぞれに物語がある。そんな女性たちの物語が交差するのが、産婦人科という場所だ。

「もうね、私、産婦人科には行かないのよ。『産』がついてない『婦人科』のクリニックを探して行くの。待合室で妊婦さんと一緒になると、みんな幸せそうにツヤツヤ、キラキラして見えてさ。なんかいたたまれなくてね〜」。30代後半で子宮筋腫が判明したばかりだった友人は、努めてサラッとした響きを保って、そう言った。「手術するのは大きめの病院なんだけど、産科の入院室と婦人科の入院室は別の棟にして、離してあるのよね。あれ、すごく患者の気持ちを考えてあるなって思う」

30代半ばから不妊治療を続けていた別の友人はこう語る。「あれってね、終わりがないの。妊娠しても100%無事に出産につながるわけじゃないから、やっとの思いで前に進んだと思った次の週には振り出しに戻るようなことばかりで、だんだん精神が痛んでいくのよね……」。子宮系の持病が悪化し、不妊治療を一旦中断して、治療のために入院した日の夜。隣室からは、臨月の妊婦が陣痛で苦しむのを家族が励ます声が聞こえてきて、彼女は「自分でもこんなに泣けるのかというくらい、不妊治療を開始して以来初めて泣いた」という。

産む人にも物語は数限りなくある。例えば子どものいる母親同士でかしましく集まっているところに、「出産の時、どうだった?」という話題を投下したら、それだけであと1、2時間は話すだろう。出産の方法やどこの病院で産んだか、そのとき垣間見た有名人のウワサ話、出産までどんな暮らしをしてどんなアクティビティをしたか、食事は、ファッションは、家族や親類、周囲からどんなことを言われたか……。

妊娠までの物語、妊娠してからの物語、出産当日の物語、産後の物語など、産んだ人の数だけ「涙なしには聞けない話」あるいは「すべらない話」があると思っていい。

だからこの「子宮にまつわる話」が世間で扱われる時、あちこちからいろいろな感情が湧き起こるのだ。少し前なら女性ミュージシャンの「(高齢出産なんて)羊水が腐っている」発言や、厚生労働大臣の「産む機械」発言などもそうだった。

「女は子宮で考える」なんて手垢のついた表現に「女性の知性をバカにしている」と怒

る女性知識人もいるけれど、確かに女の子宮は「考えはしない」が、子宮を持っていることによって「ホルモンバランスが思考に影響を与える」のは事実。それは十分に実感しているはずだと思うし、多分その彼女はそんな自分と闘っているのだろう。

「子宮がないほうの性は、そういうものの考え方をするのかー！」とあまりの無邪気にすがすがしささえ感じたのは、結婚相談所にやってくる男性医師が、お相手に希望するスペックの話を聞いた時だ。こう言ってはなんだが、ボトムラインとして、全体的に整っているというかまとまっている男性医師なら、大抵は医学部6年間の間にしっかり女性側からアプローチされて売れている。彼らにとって超売り手市場のはずの自由市場なのに、自助努力で解決しなかったという時点で、結婚相談所にまでやってくる男性医師は自身に何らかの原因があると考えるべきだと思うのだが、その彼らが自分の年齢に関わりなく「お相手の女性は26歳まで！」と要求するのは、常識なのだそうだ。

なぜ26歳なのか。

その根拠は「医者、特に開業医の家では後継ぎを担保するために、妻は3人産むことがスタンダード」だから、なのだとか。3人産めば、多くの場合1人、うまくいけばそれ以上に男子が生まれ、頭の出来不出来に関わらず1人は後継ぎになってくれるだろうという目論見で、しかも「母親が高齢だと卵子が不健康なので子どものIQが低くなる」という、私などからしたら皮肉を込めて「それを広言するなんて勇気があるなぁ」と思うような危険な信条から、その3回の出産は30代前半までに無事に終わらせなければならない。すると、結婚相手は現在26歳までのプールから選び、付き合ってお互いを知り、結婚する頃には27歳、初産年齢は28歳で、第3子は遅くとも32、33で産み終えるという「万端な計算」なのだという。

出産は、医療の進んだいまでこそ命と引き換えとまではいかなくなったものの、それでもやはり人間を自分の体の中からひねり出す作業というのは、危険で過酷な作業だ。あまり男性に対しては大きな声で言わないが、女性は赤ん坊を宿したときに、その「異物」に対する体の自然な拒否反応でつわりに苦しみ、ホルモンバランスの失調に苦しみ、養分を取られ、出産で骨も歯も髪も失う。

人1人生み落とすのがどれだけ母親の身を削るかという表現で、「一度の出産で骨一本失う」というのを聞いたことがあるだろうか。初産後すぐの女性に聞いてみるといい。彼女たちはみな、実際にやってみて初めて知ることばかり体験して、ショックを受けているはずだ。

だから、そういう女性の機能と、当事者たちの「身も心もグルグルになり、骨一本失う」作業である出産への理解なしに「子どもは3人欲しいから、若い女性を」と〝所望〟するのは、それこそ「産む機械」をカタログから選ぶかのような発想なのだが、まあ、そこは結婚が社会的契約としての意味を最も強く持つ市場での話。お互いのニーズが合致するのならそれでいいのだろう。

それにしても、生まれながらにして否応なくビルトインされた子宮を抱えて生きる女性たちのアイデンティティの葛藤の傍らで、健康な子どもを産める「だけ」の能力が無邪気にも市場価値として高値で流通するのを見ると、やっぱりそんな男性には「7日間流血しても死なずにいられるか、やってみる?」と嫌味の一つも言いたくなるのだ。

2015・11・17

子どもを産まなかったことは「一生の不覚」？

バブル期に一世を風靡し、以後山あり谷ありの人生を経て再ブレイク。回転数の増したキレッキレの言動が注目されている岡本夏生さんの発言が、女性視聴者の心の深奥を力強く握り締めたと、話題になった。

出演した情報番組で、「あなたには一生の不覚がありますか？」と質問され、「子どもを産まなかったこと」だと熱弁した岡本夏生さん。「健康な子宮と産道を持ちながら、子どもを産まなかった。閉経して分かったけれど、2億年も前から先祖がバトンを渡してくれてきたものを閉ざしてしまったというのは、自分だけの問題じゃなかった。20代、30代でこれを理解していれば……」と、後悔の念を口にした。

これを受けて、いままさに30という数字を前にして結婚出産のタイミングに悩む20代女性や、上り調子のキャリアの中でいわゆる「高齢出産」年齢にさしかかった30代女性が、考え込んでしまったのだ。やはり人生の先輩が口にする「一生の不覚」という言葉の重みは、ずしりとくる。

破天荒なキャラクターの岡本夏生さんの場合、そこには「よく分かっていなかったから出産しなかった自分」への後悔と笑いがあるので反発はなかったが、2014年1月、埼玉大名誉教授の長谷川三千子氏が「女性の一番大切な仕事は子どもを生み育てることだ。性別役割分担論は極めて自然なもの。男女雇用機会均等法は個人の生き方への干渉であり、誤り」とのコラムを発表した際には、激しい論争が起きた。

女性ならではの出産というライフイベントを「産むなら健康的に産めるうちにするといいよ」と奨励するまではいいが、生き方云々や「男女の役割」まで出産にかぶせてしまうのは、それこそ「個人の生き方への干渉」だ、出産のイデオロギー化に過ぎる、といった反応が多かったように思う。

20代や30代で出産に迷う女性の本音は「仕事がどんどん面白くなり、背負う責任も大きくなってきた時に、出産でその道を外れることへの抵抗感や遠慮」にあるだろう。「子どもは相手の男性あってのものなのに、どうして女性側だけが?」という思いも当然出てくる。しかしそこには、抗えぬ生物学的な限界としての出産好適年齢があり、実際に高齢になってからの不妊や出産リスクが大きな問題になっているのを見て、迫り来る生物学的時計のプレッシャーに、また迷うのだ。

いま手にしているものを手放すかもしれないという恐れ、いまの生活が大きく変化するかもしれないという恐れ。妊娠・出産が他人事ではなく「自分事」となった時、「そんな変化を恐れるな！　だってどうせ出産の大正義の前にはあなたの葛藤なんて大したことないんだから。むしろ出産子育てが女性のあるべき姿であり、仕事なのよ」と上から目線で言われて、反発が湧き起こらないわけはない。

でも私は、出産に迷うことができるとか、後悔することができる人というのは、ある意味で「出産の可能性」や「出産の意志」を多少なりとも持つ人、持っていた人なのだと思う。岡本夏生さんの言う「健康な子宮と産道を持っていたのに」というのがまさにそれで、出産というただ一点に関して向き不向きでいうなら、向いている。ただ、迷う自分の背中を押されるかそうでないか、それだけなのだと感じる。

私は自分がひどく若い頃に「飛んでから考えた」というタイプだ。

22歳で学生出産し、結果、20代はずっと大葛藤しっぱなしの無謀なじゃじゃ馬だった。いまもよく口にするのは、「私は新卒でお母さんになったので」。〝お母さん〟起点でキャリア（?）が始まったため、何をするにも兼業主婦であることが大前提。子どものお迎えまでの数時間で何をするか、どこまでできるかが私にとっての職業人生だった。そう、〝カッコよくて華やかな独身キャリアウーマン〟なんて時は、一瞬たりともなかった人生である！

そういう全く好条件の揃っていないところで、それでもアレもコレも諦めきれずに泣きわめきながらじたばたしてきて、出産から20年経ったいま思うのは「人生っていつか帳尻が合うんだなぁ」ということ。周囲の人たちを見ていると、それぞれの人材にサイズというかキャパシティがあり、さすがに40も超えると己のサイズが分かってくる。そのキャパシティが満たされているか否かで、それぞれ「幸福感＝帳尻が合った感」が違うようだ。

私に関して言うと、自分の器がもっと大きいと思っていた頃は「こんなの私じゃない！」「もっとできるはずなのに！」と、それはもう醜く暴れていた。しかし、自分のサイズ感がようやく分かってきて「やだアタシ、思ってたよりはるかに小っちゃいわ〜（笑）。持ってるもので頑張るしかないわ〜」と受容したら、何だか憑き物が落ちたみたいにラクになった。

誰だって、その時に持っている力以上のものを欲したら無理が生じる。そこを、努力や才覚で克服するんだとゴリゴリやってできるのなら、もともとキャパシティが大きい人なのだから、そのまま進めばいい。だけど「自分はそうじゃないなぁ」という実感があるのなら、時期をずらすのも一考だ。マルチタスク思考で、一度にあれもこれも全部実現するのばかりが「優秀」「良い人生」、まして「正解」なわけじゃない。全然ない。

最近はみんなよく分かってきて、「ワークライフバランスというのは、個々に解がある『それぞれのバランス』の話であって、すべてを同時に均等に持つ必要はない」と言われ始めた。「女性はマルチタスク脳なんだから、あれもこれも上手に賢く切り盛りする方法論を考えましょう！」なんて話には「古いわ。ケッ」という拒否反応が出始め、女性があれもこれも選べる時代になったからこそ、むしろシングルタスクの姿勢でそれぞれに真正面から取り組んで納得のいく作業をしたいと考える若い女性も、声を上げ始めた。

第25代オーストラリア総督を務めたオーストラリア人の女性政治家、クェンティン・ブライスの有名な言葉に、「女性はすべてを手に入れることはできる。ただ、すべてを同時にとはいかないだけだ」というのがあって、あちこちで引用されている。けだし至言なり。

自分がきちんと納得できる人生を送るためには、世間が与える型に自分を当てはめにいくのではなく、自分で「いま何を拾い、何を捨てるか」を決める判断をし、判断することを恐れない力を持つことのほうが、ずっと大事だと思っている。

出産も、その判断の中の一つだ。大きな判断ではあるが、決めるのは自分自身のはず。否定し難く時が刻まれているのに耳を傾けた上で、いまのあなたにそれが大事だと思えるなら、ぜひ踏み出せばいい。

2015・11・03

「出産手遅れの女性は社会の捨て石」発言に泣いた

「不妊治療に何百万もかけてももう子どもを授からない私たちは、社会の良い〝捨て石〟となることで世の中に貢献する道を探すしかない。でもまだ仕事を頑張らなければならなかった20〜30代、社会はキャリア女性が出産できるような状況じゃなかった。気がついたら〝産める〟タイミングがとっくに過ぎていた。そのつらさをどこに振り向けたらいいのかな……」

２０１６年2月13日に放送されたＮＨＫ総合「週刊ニュース深読み」の不妊治療特集で、48歳の小野文恵ＮＨＫアナが絞り出したという言葉を取り上げた記事を目にした私は、パソコン画面の前でボロボロ泣いた。

小野アナの冒頭の言葉は、「子どもが欲しかったのなら、早めに結婚したらいいのに」

「生まれない子どもに税金を使わないで。生まれてくる子ども、赤ちゃんに税金を使ってほしい」という20代女性視聴者の投稿を読み上げたあとのものだ。社会的に尊敬され、憧れられるような仕事につき、もちろん世の中に貢献し、ずっと頑張ってきた彼女がこうやって自分の人生の無念を語る。その痛みや悔しさがダイレクトに伝わってきたからだ。

私が通った都内文京区の中高一貫女子校は、女子校での東大合格者日本一の座を20年以上キープし続けているという、化け物のような学校だ。いまから25年前でも、実感として全体の4分の1が東大へ行き、他の4分の1が医学部へ行き、東大でも医学部でもない残り半分は〝それ以外のどこか〟へ行くという印象だった。

私自身は父の転勤を機に高校の途中で関西の府立高へ転校し、女子校の優秀な同級生たちと一緒に大学受験生活をすることはなかったのだけれど、その後当時の同級生たちと話をすると、一学年250人みなそれぞれ順当な道へと進み、輝けるキャリアを盤石に築いている。私のようにフラフラした人間からすると恐縮してしまうような天才・秀才女性たちばかりだ。

大人になったいま、社会のあちこちで彼女たちと再会することも多い。メディアで見かけ、「聞いたことのある名前、見たことのある顔だな」と思ってよく調べると同級生だったこともあるし、クリニックで診察室に入ったら医師が同級生だったこともあるし、仕事先で名刺交換をした瞬間に「もしや!」とお互い顔を見合わせることもある。今年43歳、私から見ればキラキラした〝本流〟で、優れたポストに2本足でしっかり立つ彼女たちの頑張りと出世がまるで自分のことのように嬉しくて、みんなあれからどうしてきたのか、何を考えてきたのか、話を聞きたいと切に思う。

そんな友人たちの1人が、先日大きなプロジェクトを終えたのでねぎらいの言葉をかけた。「ありがとう! いま倒れたら確実に過労死認定よ」と笑う彼女が、しかし思いもよらぬ心中を告白してくれたのだ。

「でも、こんな状況ではいつまでたっても産めないよね。うちの会社はダイバーシティ(多様性)に手厚い制度が整っていると有名で、もし妊娠したらもちろん人事上も親切に配慮される。その分、激務のポストに行かされるのは子どもがいない人。不妊治療に何百万もつぎ込んでも、妊娠できない人は、ずーっとできないのよね。まあ、私は結婚が遅かったのでもうあきらめたけれど……」

仕事のできる彼女がひっそりと漏らした本音に冒頭の小野文恵アナの言葉が重なり、

ああ、ここにも〝捨て石〟を覚悟しかけている女性がいるのだ、しかもそれは私の同級生なのだ……と胸がぎゅっとした。

私自身は学生時代に早めの結婚出産をして〝新卒専業主婦〟になるという、「だいぶ教育にお金をかけてもらったくせに、何にもならなかったわね」と親類縁者に目も合わせてもらえなかったほど周囲をひどく失望させた経験がある。そんな、本流じゃない劣等感を抱えてぐるぐるしてきた身としては、憧れ続けた本流のあの子たち、経歴に傷もしくじりもないあの子たちが、いま〝捨て石〟なんて自分たちを呼んでいること、呼ばざるを得ないくらいに何かに打ちひしがれていることが、私も悔しくてたまらない。

小さい頃からずっと努力して努力して、ピカピカの経歴を維持すべくまたひたすら努力して、その結果子どもを産まなきゃ〝社会の捨て石〟になるって、なんだよそれ。どういう世の中なんだよそれ……。

男女雇用均等法第一世代だったり、第二次ベビーブーム生まれの団塊ジュニアだったり、いまアラフォー以上で〝よく勉強のできた〟女性は、「男女の能力の差なんかない。女の子だって、勉強も仕事も頑張れば、社会に貢献できる優れた人材になれる」と教わって育った。

国際機関の長になった女性や高級官僚、判事、大学教授、医師、科学者、宇宙飛行士や政治家、企業の管理職など、ごく一握りの優れた天才・秀才女性たちをロールモデルに、「世の中にはこんなに優れた女性たちがいるのよ」と見せられ、自分も優秀ならああなれると信じて育った。裏返すと、そうならないのは大人たちが自分に寄せてくれる期待に対する裏切りであり、罪だったのだ。

でも、そのマスタープランは実現可能だったのだろうか。ひょっとすると、どこか上の世代の女性が自分たちにできなかったことを若い世代へ託した夢物語、敵討ちだったのではないかと、いまになって疑いの気持ちが生まれている。能力も可能性もあったのに、自分たちは社会で〝立派な仕事〟を持って貢献することができなかったことを悔やむ母親たちが、娘世代に希望を託したのではなかったか。だから、勉強や就職や出世の部分は完璧なレールを敷設したけれど、結婚出産の部分だけは計画がぼやけていた。あるいはごっそり欠けていた。

なぜそうなったのか。

それは、母世代にとって結婚出産はすでにクリアした部分で、そこは大して重要ではなかったからだ。「いい人が現れたら結婚できるといいわね」「ダンナは要らないけれど、子どもはいるといいわよ」

……そんな言葉をどこかで聞いたことのある、娘世代のキャリア女性は多いだろう。青写真のそこだけがぼやけているのにはわけがある。〝いわゆる幸せな結婚出産と、組織における出世との両立を、母世代のほとんど誰もやった人はいなかったから〟だ。いまの若い女子生徒たちが受けられる「女性のキャリア教育」のようなものは当時なく、いまのアラフォー以上のキャリア女性たちは、実は人生のとても大事な部分がぼやけたまま大人になってしまった。

母世代からの影響の強さに戸惑うのは、いま子どもを産みたくても産めない女性たちたちだけではない。

女優の山口智子さんが「産まない人生」宣言をしたことが話題になったが、子どもを持ちたくない、産む意思がない女性からは、その理由として「母との確執」「幼い頃の経験から、自分が子どもを産み育てたいと思わない」などの声が上がる。そこには、まるで母世代の借金を娘世代が一生かかって払うかのような、上の世代の女性が下の世代の女性に負う責任の重さ、何かの連鎖を感じさせられる。

女を育てるのは、女だ。下の世代の女たちに恥ずかしくない人生を、私たちは歩んでいるだろうか。捨て石になったのは、産みたくても産めなかった女性だけじゃない。人生の悔いなら、誰もが持っている。自分たちができなかったからと、何か奇妙な負債を下世代へ渡してはいないか。いまとなっては娘を持つ母として、私は自分に問うている。

2016・2・23

「子どもを産まない」と決めた時。女性が感じるのは後悔か安堵か？

私の悪友に、結婚だとか妊娠だとか、女の人生の大切な出来事はほぼすべて「泥酔の上での勢いだった」と豪語する女がいる。その話も、片手に赤白1本ずつ持ったワインを代わる代わる喉に流し込みながら聞かせてくれた（誇張）。もし私が男なら是非とも口説きたいと思うであろう、センスもスタイルも良くて肉感的な唇の、しかも賢くてウィットに富んだ、大変いい女である。泥酔して正体をなくさなくたって、散々オファーもあればチャンスもあっただろうにと思われるし、実際、散々あったのだ。

ところがそんな彼女でさえ、いざ「ホンマもんの」結婚、そして「ガチ家族になる」妊娠出産となると、酒の力を借り、エイヤと既成事実で自分を納得させたのだという。「よし、これで決定！　もう迷わない！」。それくらい、女にとって結婚とか出産なんてのは、大きな意味を持つということだ。だって子を産むのは、それで体も人生も変わるのは、女のほうじゃないか。

かつて、とある大病院の敏腕医師の可憐な妻が、3人目の子どもを妊娠しながら2人目の子をベビーカーに乗せて列席した〝ママ友ランチ〟で、こう言った。「夜、夫が帰宅するのが怖い」。だってすぐ襲ってくるのよ……という話で場は笑っていたけれど、そりゃそうだよ、どれだけ産ませたら気が済むワケ？　そう思うと確かに怖い。出産したらハイ次の妊娠、という感じで、彼女は傍から見ていて、4〜5年くらいいつでも妊娠している印象だった。ずっと家の中にいて、「人波の避け方が分からなくて怖いから、街を歩けなくなった」という。現代の先進国の事例とは思えない話だ。

セックスとは、結果において（も）非対称な行為だ。たとえ入り口が目配せだとかナントカによるお互いの合意、双方に高揚感をもたらすレクリエーション感覚であったとしても、結果としてそれぞれが負うものは、全く異なる表情をしている。結論だけ見れば男にとっては社会的行為であり、女にとっては完全なる生殖行為だ。どれだけ気をつけても気をつけなくても、妊娠するのは女の側だけであり、それに社会的責任を負ったり負わなかったりするのが男の側である。

女にとって、セックスが迷いや不安を伴わない純粋なレクリエーションとなり得るのは、「絶対にこれで産む（搾り取ってやる）」と意気込んでの行為か、妊娠したら「それは神様の思し召しだから」とノーダウトで産む文化や信仰に生きているか、または「もう妊娠する可能性がない」と分かってから、あるいは「妊娠したからといって産まなくていい」と腹を決めた後か、そのどれかに当てはまる場合だけだ。「産んでみせる」あるいは「産まない」と、セックスによって女性側が負う不確定要素をあらかじめ確定しておくことが、ようやくその行為において（レクリエーションであろうと生殖行動であろうと）男と女を対等な立場に近づける。なるほど、性とは、かように非対称なものである。

Webメディア「kakeru」の初代編集長であり、スマホ写真のマーケットプレイス「Snapmart」の開発者として〝いよいよ人生後半戦の勝負に出た〟という江藤美帆さんのブログエントリ『40代のおばさんがスタートアップにチャレンジする極めて個人的な理由』が、あらゆる世代の女に刺さりまくっている。

……悠々自適なサラリーマン生活を送っていたが、43歳になったとき突如として「よし、仕事しよう!」と思った。

もちろん、それまでも真面目に仕事には取り組んでいた。ただ、仕事が最重要事項ではなかった。なぜなら「もしかしたら子供を産むかもしれない」という思いが頭の片隅にあったからだ。（略）そんな自分にとって「35歳」と「42歳」という年齢は重要なターニングポイントだった。35歳は「自然妊娠して無理なく子供を育てられる限界年齢」であり42歳は「人生において子供が持てる限界年齢」だった。

もちろんこれは私自身の資質を考慮した線引であり、人によってはこれが45歳や50歳だったりもするのだろう（実際にその年齢で子供を産んでいる方もいる）。

ただ私はなぜか長年、この年齢を強く意識していた。そして去年、ついにそのボーダーラインを超えた。43歳になったのだ。

自分で設定した、「限界年齢」というボーダーライン。江藤さんはそのボーダーを踏んだ時点で、今後子どもを持つことはないと腹を決めた、とつづる。

「もう自分は子供を持つことはないのだ」と腹の底から思ったときに、どんな感情が湧き上がってくるのか。それについては、私はさっぱり想像がつかなかった。ただ漠然と「悲しいんじゃないかな？」とは思っていた。

ところが、実際は違った。思いがけずホッとしたのだ。いや、そんなぬるいもんじゃない。

刑務所から解放されて青空の下に立っているような清々しい気持ちとでも言おうか。走り回って小躍りしたいような気分だった。

「ああ、これでもう子供ができるかもしれないという不測の事態に怯えながら中途半端に仕事をしなくていいんだ。男の人と同じように仕事のことだけに専念できるんだ」と思った。もう出産はしないと決意した。もう自分の人生に自分の赤ん坊がやってくることはないと受け入れた。その時湧き起こったのは「〝ホッとした〟なんてぬるいもんじゃない、清々しい解放感」であり、「もう不測の事態に怯えながら中途半端に仕事をしなくていい」という感情だったとの、清冽だが重量感のあるリアリティ。そして不思議なのは、「子を持たなければという無意識レベルの重圧」からの解放に共感した読者たちが、必ずしもシングル女性や、子どものいない既婚女性だけではなかったということだ。子どものいる女性もまた、その重圧をよく知っていたからだ。

妊娠「できる／できない」で悩むのも、妊娠「する／しない」で悩むのも、女だけだ。

江藤さんは続ける。

「そうなるかもしれないと思う」ことと「物理的に可能性が断たれること」は相当な違いがある。たとえば、不倫している女の子が「彼との結婚は望んでいない」と言いながらも時折苦しむのは、そこにわずかな可能性があるからだ。人の決めることに「絶対」はない。どれだけ理性で律しても「もしかしたら」「万が一」という希望を持ってしまう。

「可能性」という言葉には明るい希望が宿っているように見えるが、必ずしもそうではない。わずかな可能性があることにより、かえって苦しむことだってある。

可能性とは、苦しいものだ。何かを絶対保証などしてくれない。「可能ではない」結果とも表裏一体。可能性に夢を見るのも、可能性に怯えるのも、本質は同じことなのだ。妊娠検査薬の陽性反応も陰性反応も、ともに歓喜で迎えられることもあれば痛ましい号泣で迎えられることもあるのは、こういうわけである。そしてその陽性と陰性は、ダイレクトにその女性の子宮で起こっていることを指す。女にとってのみ、出産とはヒリヒリとした「自分事」。だから出産からの解放感とは、すべての女にとって覚えのある、子宮の感情なのだ。

私は学生の時、まさに江藤さんの言う「不測の事態」で出産したけれど、当時はいまよりずっと、若い「デキ婚」への風当たりは強かった。優しくないどころか、含み笑いや軽蔑や、下世話な好奇心を隠さない反応を受けることがある。「デキ婚は事故でしょ?」と悪びれもせずに言う若い男などもいて「おう、言うねえ。自分が妊娠する側だったらそんなこと言えるのかね」と私は心の中でつぶやいていた。その「事故」で一生が変わるんだよ、その「事故」で立派に人１人生まれるんだよ、いつか君も分かるといいね、と。だから、こんな記事を読むと、「女は産むのが当たり前、と何ら疑問なく信じていられる男」の、その立場にあぐらをかいて大言を吐く素直さ、幼さに微笑んでしまう（参考／ｌｉｖｅｄｏｏｒ ｎｅｗｓ２０１６年5月19日付「『あさイチ』が視聴者の〝産まない女性批判〟を紹介『愚かな女性が増えた』」）。

秋田県の50代男性は「子どもを持たない、と主張することが『よく言った』と賞賛されるとは、愚かな女性が増えたものだと落胆します」と、有働アナをはじめとする〝いない〟派の考えを非難する。

男性は続けて「自分が生きている日本を分かっていない。いますぐ子どもを産み増やさなければこの国は短期間で潰れてしまいます」と危機感をあらわにし、「『子どもいらない』というあなた方の老後を養うのは、子どもです」「幼稚なエゴを声高に主張する特集でワガママ女が助長しないことを祈ります」と、特集そのものを批判するかのような言葉も飛び出した。

最後には「少なくとも、私の子どもが汗水たらして働いた税金をあなたの老後に使って欲しくないです」との意見をぶつけ、投稿を締めくくっている。

〝いますぐ子どもを産み増やさなければこの国は潰れる〟。うんそうかもね、じゃあ、あなたが好きなだけ産んでください。当事者じゃない性が、自分のできないこと、したことのない何かを他方の性に当然のこととして求めることの〝筋違い感〟は、彼が立場を逆転させて我が事として考えたら理解するだろうか。

「心身ボロボロになろうがなんだろうが、いますぐ粉になるまで働きなさいよ、家族を養いなさいよ、だって男でしょ、男ってそういうものでしょ。あなたのくだらない〝事情〟とか〝思い〟なんてどうでもいいのよ。日本の斜陽という国家的な一大事に、稼げない人生や稼がない人生を認めろなんて幼稚なエゴを正当化するなんて、愚かな男が増えたもんだわ。そういう情けないワガママ男どもが〝多様な生き方〟だなんて戯《ざ》れ言を口走って助長しないことを祈ります」とでも言えばいいのだろうか。いや、当の秋田の50代男性なら、「その通りだ、俺は当然、立派にやってる」と言うのかな。〝与えられた価値観を疑わない人生〟って羨ましいな。

「産め育てろ働け介護しろ」の内実を集約して「女性も輝け」などと求める論調には、自分は外野の安全地帯にいながら、出産可能な若い女たちの尻を叩く男や女の言葉が多すぎる。当事者として経験した人、あるいはそこに寄り添った経験のある人の言葉じゃなければ、私は素直に聞いてあげられそうにない。

２０１６・６・１４

男性育休議論に幕引き？ 〝ゲス不倫〟宮崎謙介議員の罪

「何やってくれてるんだ……」。２０１５年末、国会議員の育児休暇取得という話題で日本のダイバーシティ論議に一石を投じ、男性による子育て推進派やリベラル系メディア、海外メディアやアンチも巻き込んで、あらゆるメディアを賑わせていた宮崎謙介衆議院議員。しかし彼の育休論議と同時進行だった〝ゲス不倫〟報道に、開いた口がふさがらなかった方は少なくないだろう。

妻である金子恵美議員が2月5日に無事出産を終えたあと、宮崎議員は父親としてブログで妻の出産の経緯を事細かに記し「これから2人で大切に育てていきたいと思います」と宣言していた矢先の報道だった。しかも不倫密会自体は妻の出産わずか数日前とのことに、男女問わず彼への共感や信頼は一気に失墜したとみていい。

よりによってこのタイミングでこの報道では、もう無理だ。iRONNA編集長・白石賢太氏はアゴラで「正直、真剣に議論する気すら起きないのが本音ではないでしょうか？」と匙を投げる。NPO法人フローレンス代表の駒崎弘樹氏は「宮崎議員は嫌いになっても、男性育休は嫌いにならないでください」と自身のブログで訴え、アゴラでは経営コンサルタントの尾藤克之氏が「育休議論が幕引きした件」として、議論の終結を言い渡している。

週刊誌の報道が出る少し前の2016年1月には、日本の子育てする男たちの元祖的存在と言ってもいいNPO法人ファザーリング・ジャパンによる緊急フォーラム『どうなる？　議員の育休？　永田町が変われば、日本の子育て・WLBが変わる』も開催されていた。このフォーラムには、いま日本でイクメンやワークライフバランス議論の最前線にいる錚々《そうそう》たる面々が勢ぞろいし、宮崎議員の育休取得支持を表明していたのは記憶に新しい。しかし彼らのメンツも不倫騒動で丸つぶれだ。

フォーラム当日の宮崎議員の状況はというと、年末年始ごろの様子から一変して非常に歯切れが悪かった。「いまの状況はすごく非常に複雑でして、世の中に賛否両論ある中で物議を醸して、大変多くの皆様に迷惑をおかけしている」「いまはちょっとですね、あまりこう人前で話をしてはいけないという状況になっておりまして」とあまりの弱腰ぶりに、AERA編集長の浜田敬子氏も「（先週号の）うちのインタビューに出て頂いたのにどうしたのですか？」と指摘するほどだったのだ。

いま思えば、宮崎議員自身が各所でぼやいていた通り、彼の発言は「想像以上」に世間のあらゆるところに引っかかり、叱られる温度も褒められる温度も「めちゃツラいっすよ」と弱音を吐くほど高かったということなのだろう。あらゆる方面から彼の人生、人格まるごと〝日本を代表するイクメン（候補）〟と注目され担ぎ上げられるようになってしまった、その引き金を引いたことに彼自身が最もおののいていたのだ。

そう、彼はまだ父親でもなんでもなかったのだ。フォーラムの時点では子どもはまだ妻のおなかの中にいたし、第一、まだ育休だって取っていなかった。

妻の妊娠に伴う変化に呼応して、「俺も父親になるんだし、何かしなきゃ」と育休取得を思い立って口にした未来のイクメン〝候補〟であって、実際には彼の中ではまだ何も起こっていなかったのだ。しかし、育休取得を宣言した途端、世間が「そいつはいい、頑張れ、みんな応援してるぞ！」と沸き立った。

母性は生物学的に形成されるが、父性は社会的に形成される。妻の中では、確実に生物的な反応として母になる準備が日々刻々と進んでいくが、産まぬ性たる男の中では目の前の妻の変化にただ驚き、「そうか俺は父親になるんだ」という意識だけが強くなり、でも逡巡して、なんだったら妻の態度に傷ついたりスネたり、将来が不安になったり、産まないのに〝男のマタニティーブルー〟になったりする。女性だって男性だって、親になるということはまるで自分がのみ込まれるような、それはそれは大きな変化である。それぞれに反応が出るのは当然のことなのだ。

男性の育児参加の話題につきものなのが、「真に子育てを理解している夫は稀」「結局モテたいアピール。承認欲求がチラつく」といった、ファッションイクメンへの鋭い視線だ。今回の宮崎議員の一件で、またそのレベルに議論が引き戻されるのは誰もが勘弁してほしいと思っているだろう。

男は、惑う生き物だ。女だって、惑う。逆に、この件を不潔だとかサイテーだとか言い放つ人々は、子育てが聖人君子だけに許された行いだとでも思っているのだろうか。子育てなんて、そもそも生産の過程からして非常に人間臭い営みのはずだ。育休議論は幕引きを迎えたのではなく、人間臭さから奇妙に乖離してお綺麗に無機的な制度として語られる子育てが、ようやく臭いや温度や肌触りといった「ダメダメな」リアリティを取り戻して語られる契機になればいい。

「本当に反省しています。一からやり直しです。やり直しだけど、やれるだけやっていきたい」と反省の言葉を口にしていた宮崎議員だが、2月12日午前、自民党本部へ辞任の意思を表明したと伝えられた。

妻の金子議員は、出産直後で最もホルモンバランスや心身の変化が大きい時期であるにもかかわらず、「やり直す気はあるの」「じゃあ、恥をかいていらっしゃい」と、宮崎議員に記者会見と一からの再出発を促したという。もともと地政からのたたき上げでキャリアも長く、夫より格上の議員で、2枚も3枚も彼女のほうが上手だ。そう、彼女はもうすでに「母」なのだ。こんな出来事も含め、男は社会的に父親へと育てられていくのだろう。

2016・2・16

工藤静香の〝嫁ブロック〟を尊重する、キムタクの男前

SMAPが解散の危機にあるとか、事務所を移籍するとか、いや1人だけ残留するとかで、かまびすしい。日本だけではなく、海を越えたアジアの国々でも「スマロス」の悲嘆にくれる海外ファンが続出というから、その影響力の大きさをあらためて感じるのだけれど、思い返せばそりゃ90年代からソリッドなキャリアを築き、いまや20年選手として活躍し続けるスーパースターたちだもの。日本国内やアジアにおいての衝撃は、最近のワン・ダイレクションの解散話や、かつてのバックストリート・ボーイズの……と書きかけて検索したら、バックスはまだ解散していなかったので焦る。いや、彼らとは活動と活躍の密度が全然違うものね。

ちょっと志向が異なるためにこれまでの人生でジャニーズに入れあげたことはない私

でも、なんだかんだ言って同世代のSMAPの歩みはほぼ全員大まかに知っている。

　中でもキムタクは私世代（団塊ジュニア世代）の「抱かれたい男」の筆頭としてメディアを席巻してきたから、主体的に情報を取りにいかずともその活躍や私生活のあれこれが否応なしに飛び込んできた。トップアイドル同士で電撃結婚とか、子どもの名前とか、インターナショナルスクールに送り迎えする様子とか。子育て系雑誌で書いていた頃は、よく女性ゴシップ誌などからキムタクと工藤静香夫妻の記事にコメントを求められて、「そんなプライベートをカメラマンに嗅ぎ回られるスター同士の子育ては情報管理が大変だな」と同情した。つまりそれだけ彼らが世間の関心の的だったことの裏返し、そんな時代だった。

　そう、グループの5人の中でキムタクだけが既婚者なのだ。結婚の事実も、配偶者の動向も、子どもたちの名前や年齢も、どこの学校に行って学校行事の時は親がどんな格好で参加しているかだって、世間はみんな知っているというのに、それでもキムタクが持つ男としての格好よさは低減しないどころか、株も上がり活躍の範囲も広がるばかりだった。そしてその背景には、年上の妻である工藤静香の夫プロデュース力があるのだろうなということは、素人の私でも強く感じていた。明確なビジョンのある家庭経営と、徹底した情報管理、自己を含めた全方位のプロデュース力。アイドル時代の工藤静香にはあまり関心がなかったけれど、結婚してからの工藤静香のあり方には、彼女があえて世間から身を引いていたからこそむしろ強く「賢くて、いい女なんだなぁ」と思えた。

さて、2016年の年明けからちらほらとメディアで取り上げられていたのが「嫁ブロック」という言葉である。転職活動をする男性が、内定を手にしたあとに妻の反対を受けて辞退する現象を呼び、拡大が加速する転職市場での業界用語だった。

それが年初の新聞で「嫁ブロックで男の挑戦がくじかれる」といったような報道がされ、「嫁ブロックとはなんぞや」「妻たちが夫の転職を反対する理由がふざけている」「年収ダウンや東京からの都落ちがイヤだとか、大手有名企業の名を失うのがイヤだとか、結局見栄でしかない」とネット界隈が沸いた。そんな文脈では、夫の転職に異を唱えて内定を辞退させる妻は「浅薄な考えの見栄っ張り女」と反感いっぱいにラベリングされ、そんな女たちと結婚している男たちは「妻を説得することもできず、内定辞退を先方に伝える時にも妻の反対を理由に挙げるような、情けない男」であると断じられることも多かったようだ。

「男たるもの、自分の行く道を自分で決められないとは情けない。妻ごときに意見されて泣きつくなどケシカラン！」というような昭和の日本男児思考かどうか知らないが、妻が夫の転職に意見や希望を述べること自体は生計や活動を一にする夫婦として当たり前のことだ。その理由が本当に単純な見栄でどうこうなのなら、そういう妻を選択してつがった夫もどこか似たもの夫婦であるはずで、彼もまた外側の条件が気になる、そういう男なのである。だが、妻の側から発される年収ダウンや勤務地変更への抵抗、勤務先企業のネームバリューというよりも異なる組織に移籍することへの反対は、必ずしも「女の浅はかな見栄」を原因に起こることばかりではない。

連れ添っている妻だからこそ分かる夫の適性や、そもそも転職を志した原因となる葛藤、その転職は本当に「挑戦」なのかそれとも「逃げ」なのか、妻の仕事や子どもの教育と友人関係、実家や義両親や親戚との距離など、妻のほうが周りが見えていることは大いに考えられる。

なぜなら、周りが見えていることこそが女性の特徴であり、女性のアドバンテージでもあるからだ。家庭を持つとは、家族が同じチームとなって一つのゴール、「幸せ」を今後の人生を共にして実現しにいくことであり、みながステークホルダーになることであり、だからチーム内の意向調整が必須なのだ。もし、「嫁ブロック」を受けた夫がそれを恥ずかしく思ったり、不満を膨らませたりしているとすれば、その夫と妻が見ている方向はバラバラだ。すなわち、調整が失敗しているということであり、家庭内チームワークの危機なのである。

妻には妻の、夫には夫の意向や言い分があり、それを話し合い調整して初めて、夫婦として機能する。だから、工藤静香の「嫁ブロック」をのんで（もちろんそれだけが理由ではないと思うけれど）事務所残留を決め、あとはじっと口をつぐむキムタクは、仕事人としても家庭人としてもさすが一流。その男前ぶりにあらためて惚れる。

ＳＭＡＰ解散と事務所移籍という、まさにこれまでの「夫プロデュース」における最大の危機を前にして、自分たちトップアイドル同士が結婚する時に守ってくれた事務所への恩義を第一の理由にしたと報道されている工藤静香の心意気にも、あらためてシビれる。そう、この夫婦は、ジャニーズ残留を「２人で決めた」のだ。

２０１６・１・１９

仕事と家庭の両立に折れる40男と、夫の死を願う妻たち

イクメン、イクボスといった用語が普及するにつれ、いま一番歪《ひず》みが生まれている場所があるとすれば、どこだろうか。それは、いままさに子育てをしている30～40代の夫婦関係である。

名の知られた一流企業で正社員として働いてきた妻が、出産後も当然のこととして復帰し、ワーママとして歩み出す。世間では女性活躍の追い風が吹き、職場や家族の理解も取り付けられ始め、それはいま社会的に異論を挟む余地のない〝正義〟だ。

ところが、そういう女性と結婚している夫もまた、妻と同様に一流企業勤めだったり将来を嘱望されていたりと優秀な人材であることが多い。出逢っている場所が大学や社内や取引先や友人の紹介による合コンなのだから、拘束される時間の長い組織人同士、

〝同等の人材でつがう〟のは自然な流れだと言える。

夫側もちょうど30~40代で「もう俺も家庭を持っていいかな」と余裕が出るほど職業人として脂の乗ったところに家庭人としての要請が上乗せされ、それが世間や自分世代の潮流と受け容れた夫が、〝できる男〟なら俺もやらねばと応え続けるうちに、実はワーママ周辺の環境と違ってそんなイクメンを受け入れる準備も具体性も(つもりも)ない世間の現実の前に、力尽きて折れるのだ。

「〝職業人としての自分〟と〝家庭人としての自分〟の両立の狭間で折れる男」を、当事者である40代男性たちが言い出している(参考/citrus 2016年5月10日付「父親たちも我慢の限界!「仕事」「家事・育児」「大黒柱」を一人でこなすのはムリ…」、東洋経済オンライン 2016年6月18日付「『1人ブラック企業化』するしかない父親たち」)。

これらの書き手が、いわゆる団塊ジュニア世代の40代男性であることがとても興味深い。仕事での充実と、サラリーや出世で外部評価される高いパフォーマンス性を維持しながら、さらに家庭でも理想のパパかつ夫であろうとするのは不可能だということを、彼らは〝男の沽券〟などの形式的で伝統的な精神習慣にとらわれずに、素直に認めたのだ。

彼らは「仕事と家庭の両立が苦しいのは女性だけじゃない。いま世間から求められているハイレベルな両立は、男だって無理だ」と、日本社会に巣食う「現実を無視した、観念としてのワーク・ライフ・バランス」を指摘した。そして、時流も世間の期待も妻の気持ちもきちんと読んで本当に頑張っている〝真っ当なほうの〟全国のビジネスマンたちから、「よく言ってくれた」と共感を集めている。２０００年代から一通り、職業人としても家庭人としても「世間一般の期待値以上に」応えてきた40代だからこそ分かる社会の欺瞞《ぎまん》、それを言い当てているのだ。

この現代社会の欺瞞とは何か。

〝妻〟側でものする私が言うのはとても勇気の要ることだが、それはこれまで、日本の〝夫〟たち、あるいは中高年男性という存在が「世間の共通の仮想敵」として非常に座りが良く、特にこの数十年、体力や経済力という資源面で比較優位にあるがゆえに「まるで分かってないバカ男、ずるいヤツら、搾取する側、世間の不平等感の戦犯」という十把一絡げのサンドバッグになってきたということだ。比較優位にあるとは、本当に強者であるかどうかはさておき弱者ではないということだから、どのメディアが舞台となっても「叩いても責めても大丈夫」とされるのである。

だから、「責められるべき優位者」たる中高年男性が吐く弱音は、すべて愚痴やボヤキ、戯言くらいに軽視されてきた。かわいそうなくらいに人生を会社に吸い上げられている中高年男性は、実際の日本の労働力として最も機能しているぶ厚い層であるにもかかわらず、その本音はメディア的に無視されてきたのである。基本的にメディアは弱者の味方だからだ。

女性に（当の女性たちにとってもどうしようもなく）刻み込まれた被害者意識、男でも女でも若年層の理由なき反抗精神、そしてひとたび集団になるとたちまちなぜかマッチョな精神論への執着を手放さなくなる日本の企業社会が、絶対耳を傾けず、認めてやらないもの、それが働き盛りの男たちの弱音だった。

ところが、かつて若き日はそんな働き盛りの中高年男性を批判する側にあったはずの団塊ジュニア男子が、いざ自分たちも大挙して40代に突入し、職業人生の傍らに家庭を持ってみて疑問に思ったのだ。「責める側にいたはずの俺が、かつてのあのオジさんたちと同じ、責められる側にいる。これは個人の資質なのではなくて、構造の問題なのではないか？」と。

そう、老いも若きも、男たちはみな同じ延長線上にいた。40代はいま、20年余の会社人生を過ぎて、それに気づいたのだ。気づく余裕ができた、とも言えるかもしれない。

厳しいことを言うようだが、実は私たち女性の側にも思考停止がある。

男性中心に構築された、「男の、男による、男のための労働社会」という女性にとってはどうにも走りにくいボコボコの道路で行われる市民マラソンへ〝二流市民〟として参加させていただき、そこから頭角を現し、「へぇ、女でも走れるやつもいるんだな」とちょっとずつ認められていくのが20世紀だったとするならば、女性の労働参加が当然とされた21世紀は、いわば女性でもマラソンで好タイムを残すべく走れる条件の道路が親切にも整備される時代といえる。

走る女の前に道路が敷設されているのか、あるいは走った後から舗装されていくのか。その辺の感じ方は個人差があると思うけれど、とにかくそのマラソンには参加しろと言われている。しかも沿道から応援観戦するよりも、ランナーとして参加するほうが社会的な尊敬を得るという風潮である。

ところが、男女ともに走れるように道路設計が変わるということは、それまで男専用にデザインされた道を走っていたり、それを念頭にいつか俺もランナーになるんだと幼少期からトレーニングに励み成長してきた男にとっては、走りにくい局面も出てくるのだ。途中棄権する男も出てくるだろう。あるいは、従来の男専用道路ではとても走れなかったようなタイプの男が、意外に良い走りを見せたりする。

こうして世間では「走れる選手像」に変化が見られてきているのにもかかわらず、女たちの好みは、相変わらず過去のマラソンで好成績を残していたような選手たちのまま変わらないとすれば、どうだろう。

自分の配偶者に従来型の「稼げて、出世もする」マッチョな男像を望みながら、一方で「新しい社会に応じた家庭力」も上積みして求める。自分に置き換えてみて「人生途中で世間の風向きに応じて生き方を変えて、新しい能力を上乗せする？　そんなの簡単！」と言いきれる女性なら、すでにそんな男を手に入れているのかもしれない。だけどみな、それぞれに不満や不足を感じ、キャパシティオーバーに悩み、試行錯誤し、理想と現実のすり合わせをしているというのが、現代の30〜40代夫婦の等身大の姿なのではないだろうか。なぜなら、いまの風向きを幼い頃にきちんと予見して育ってきたような人は決して多数派ではないからだ。むしろいま社会で「最も働いている層」とは、幼少期や学生時代には多かれ少なかれマッチョな社会での勝者だったはずである。

その価値観の変化を女性側で起こしていないにもかかわらず、男性にあれもこれもと求めれば、夫婦間での激しい食い違いが起こるのは必然だ。挙げ句、世間体が悪いので離婚はしないが、夫が死んでくれるのを願う妻たちの存在が指摘されている。過去の数世代上の妻たちとなんら変わりのない姿に、自分たちが成り果てているのに気づかないだろうか？（参考／ダ・ヴィンチニュース2016年5月11日付「妻から『死んでほしい』と願われる夫たち。夫を無視して家庭内母子家庭状態になりながらも、妻が離婚を選ばない理由とは」）

「なぜ、うちの夫はこんなにも家事能力も育児能力も女の心理を読む能力も低くて、使えないのか」。社会のせいや、姑のせいにするのは簡単だが、答えは「彼らは私たちが選んだ男であり、私たちは彼らが選んだ女だから」なのである。社会趨勢に応じた〝変化〟や〝意識改革〟の責任は、男女双方にあるのだ。

結婚・出産後も一流企業でエース級のキャリアを継続するアラフォー女性が、他業種にいるエリート夫への憎悪の言葉を吐き、それを「超」のつくエリート夫と結婚した超エリートワーママが請け合って毒づき笑い合う場面に遭遇したことがある。でも、彼女たちはまずきっと離婚はしない。自分の代わりに〝主夫〟になってくれるような、稼げないし社会的ポジションもないけれど優しくて癒やしてくれる男を選ぶつもりも毛頭ない。

〝上昇〟と〝常勝〟にとらわれているエリート女子の内部には、相反する価値観がなぜか自然に共存しており、賢い彼女たちはきっとそれに気づいているけれど、無意識のうちに押さえ込んでいる。そんなダブルスタンダードを抱えて生きるとは、男も女も、なんだか、ただつらい。

2016・7・5

女は誰のために弁当を作るのか?
――絶望弁当の底に隠されていたものとは

ちょっとしたトラウマがある。幼少期、お弁当の時間は毎日悲しみの時間だった。私はお弁当の学校ばかりに通ったので、人生で学校給食を食べたことがない。でも給食だったらどんなに毎日が楽しみだっただろう。

朝、学校へ行って午前中の授業を受けるうちに、当然おなかが空いてくる。ところが、おなかがどんどん空くに連れて「またお弁当の時間がやってくる……」と、ダークな気分も増すのだ。なぜか。ウチの母の料理のセンスが呪われており、お弁当のふたを開けるたびに「ああ、今日はこれを食べるのか……」と打ちひしがれるところから始まるからだ。

冷えた白いご飯の横に塩も振らないゆで卵がまるまる一個入っただけの、「どこかの雪景色にインスパイアされたのかな?」というくらい白一色のお弁当だったこともあるし、白いご飯の上に冷えた蝋《ろう》のような餃子だけが3つゴロンと寝そべっていたこともある。前日の夕飯のお肉が切られもせずにまるまる1枚だけ、狭いおかずスペースにぎゅうぎゅうと押し込まれていた日や、油揚げ炒め(文字通り、油揚げのみを大雑把に切って炒めたもの。なぜわざわざ炒めたのか)がてんこ盛りの日は、お弁当の時間が終わっても口の中のものを飲み込むことができず、5時間目になっても教科書で口元を隠しながらもぐもぐしていた。

基本は白いご飯と、ご飯に合わないように厳選したとしか思えない何か一品だ。いま考えると逆にクリエイティブにさえ思えてくる。子どもの目から見て絶望的に、母はお弁当のセンスがなかった。というよりも料理オンチで、本当は食事を作ることに一向に興味が持てないのを、仕方なく毎朝低血圧の自分に鞭打って作っているようだった。

しかし何がつらいって、色も味もないそのお弁当は、仮にも女子のお弁当なのだ。我が家は決して貧しかったわけではなく(たぶん)、私は幼稚園からずっと地元の小金持ちのアホ息子やドラ娘が行くような私立大の付属校に入れられてぼんやり育っていた。周りの子は専業主婦の母親たちに蝶よ花よと育てられ、毎朝丁寧に髪を結い上げられて送り出され、小鳥のえさ箱のような小さなお弁当箱に色とりどりのあれこれをちまちま詰めたのを持たされて、制服のプリーツスカートの裾をひらひらさせて学校へやってくる。

国旗のついたピックやらカラフルな小物で飾り立てたデザートやらを見せて「見て！今日はイチゴとオレンジなの。やったー」と可愛いリボンのついたおさげを揺らして喜ぶ友達の様子に、ああ、ママの手塩にかけられて育つ可愛い女の子ってこういうことなんだなぁ、と、ざん切りショートでメガネの学級委員長の心には幼いながらに刻み込まれた。そして、自分はその部類ではないのだと。横から私の絶望弁当をのぞき込んだ友達が「環ちゃんのお弁当、それだけ？」「環ちゃんのお母さん、共働きだもの」と言うのを聞くと、「共働き」という言葉がそれこそ絶望的に寂しく響いた。

ウチの母は当時には珍しく理系高学歴で、子育てしながら働く母親。奥さん同士の見栄の張り合いのようなものに冷淡で非常に合理的というか、いやもっと単純に、家事に向いていない人だった。専業主婦には非常に不向きだが、他のこと、特に仕事ならものすごく有能で、先進的な視点を持ち、人心掌握にも長けている。でも、そんな母に不得意なことを執拗に押し付けてくる〝良妻賢母〟とか〝家庭的〟なる保守的な価値観に対しては、憎しみさえ抱いている節があった。よくよく考えると、私のお弁当が絶望的だったのは母が共働きだったからではなく、母が全く料理に興味がない人だったからなのだが、家族のために良妻賢母として生きる専業主婦が主流だった当時、「共働き」という言葉には有無を言わさぬ「非家庭的」との批判が込められていた。

その分、父がこれまた理系高学歴のエンジニアながら非常に家事に向いている人で、休日になると家中にきちんと掃除機をかけ、ゴミ出しをし、洗濯ものを干し、魚屋さんの店先で見つけた新鮮なイワシを器用に南蛮漬けにしたりする。土曜のお昼の冷たくてツルっとしたおそうめんや父が好きな玉ネギの多い野菜炒めなど、なぜだか、父の料理は幸せな味の記憶とともに覚えている。でも毎朝のお弁当の担当は、低血圧鞭打ちの絶望母なのだ（いまは感謝しているけれど！）。

そんなわけだったから、中学に上がるとお弁当は自分で作るようになった。前日の夕食からかろうじて緑のものや色のきれいなものをお弁当用に取り分けておいて、朝自分で、かつて横目で見て学んだ〝可愛い女子弁当〟のフォーマットをまねて作る。そうこうするうちに家族の普段の食事も作るようになり、失敗を経験しながら一通りの料理はこなせるようになって、料理はすっかり趣味になった。

娘が生まれて、今度は自分が母親としてお弁当を作ることになった時、私は完全にあの時の〝ママの手塩にかけられて育つ可愛い女の子〟を再現した。娘が私の母校の付属幼稚園に入ると、娘の髪をツインテールにしてリボンを結び、手作りの通園バッグに、小物で飾り立てたお子様ランチのようなお弁当を持たせた。運動会のお弁当を作る時などは、異様なこだわりを見せ、アドレナリンがほとばしった。前日にお弁当の設計図を本当に描くほど「人に見せても恥ずかしくない見栄えのいいお弁当」を次々と学習しては作り、私は、敵討ちをしたのだ。

娘のためと言いながら、私はあの頃の「小さな環ちゃん（私）」のために、可愛いお弁当を作り続けた。可愛くない絶望弁当と、それを作る「共働きのお母さん」を恥じて、体で隠すようにして食べていたあの日々の敵討ちをするため、その頃の私は専業主婦として、周りの視線のために存在する見栄えのいいお弁当の設計図を方眼ノートにせっせと描いた。

そしてある日、突然、飽きた。たぶん、あの頃の哀しみが十分癒やされたのだと思う。見栄えの良いお弁当を作り続けることが「良いお母さんであること」だという思い込みが、蒸発したかのようだった。

私は専業主婦をやめ、仕事を始めた。すると、娘のお弁当は自然とシンプルになっていった。周りの視線のために存在するお弁当ではなく、その日の娘のおなかを地味でもきちんと満たすためのお弁当へと変わっていったのだ。

ツレヅレハナコさんなる食ブロガーが、「自分の好きなものを入れる、彩りのためだけのミニトマトやブロッコリーは使わない、香りの強いお弁当もためらわない、公園や会議室で食べるべし」などのルールの下、インスタグラムにアップしてきたお弁当のレシピをまとめた書籍『ツレヅレハナコの じぶん弁当』(小学館)が出版され、働く女性たちの共感を呼んでいるという。著者が勤務先に持参するために作るお弁当は、常備菜を詰めるだけの「朝5分弁当」など、無理がなく地に足のついたものが並ぶ。

「人に見せるためではなく、自分がホッとできるお弁当を!」との帯文を目にした途端、小さい時のトラウマから何十年分の紆余曲折をどっと思い出した。周りが見て、へぇと感心するような見栄えのいいお弁当を作ることが、〝いいお母さん〟や〝家庭的な女の子〟の象徴であるという感覚は、いまだに根強いのかもしれない。でもそんな、他人の視線のために存在するお弁当づくりに象徴される〝いいお母さん〟〝家庭的な女の子〟は、結局他人のために存在する人間像なのではないか。

お弁当を作るのがお母さん一択だった時代や、共働きが珍しかった時代は、もはや化石レベルの昔の話だ。でも、女性の生き方というものに選択肢がとても少なくて、そうでない生き方を選ぶと「母親のくせに」「女のくせに」とあれこれ他人から非難される時代が確実にあった。いまの時代に生きる私たちも、他人の視線を気にして一通りデコ弁やキラキラ弁当を作って飽きたら、いつか〝じぶん〟だけのために本当の大好物の「のり納豆丼弁当」とか「豚汁&塩昆布むすび弁当」とかを作って、1人ウヒヒと公園で楽しめるシブいステージへ上がりたいものだ。それはきっと、〝じぶん〟が何者なのかをようやく他人の視線で決めなくてもよくなった時、ということなのかもしれない。

2016・4・26

「『日本死ね』って本当に女性？」平沢勝栄議員は別の日本を生きているのだろうか

「保育園落ちた日本死ね！！！」。

強烈に鋭い切れ味で、保活（子どもの保育園入園活動）落選の失望と待機児童問題への怒りを記した、子育て中の女性の匿名ブログが、日本を席巻した。「死ね！！！」と叩きつけるように打ち込まれた3つのエクスクラメーションマークが、書き手の激しい感情を物語っている。

「何なんだよ日本。一億総活躍社会じゃねーのかよ。昨日見事に保育園落ちたわ。どうすんだよ私活躍出来ねーじゃねーか。子供を産んで子育てして社会に出て働いて税金納めてやるって言ってるのに日本は何が不満なんだ？」

読点さえもどかしげに早口に畳み掛け、渾身の力で投げつけられる言葉のつぶて。書き手と同じ失望と憤激に心当たりのあった数万人の人々は、この激しさにこそ共感した。「書き手が実在するかさえ分からない匿名のブログなんて、事実確認のしようがない(から取り上げるに値しない)」と国会で斬り捨てられた時も、書き手の激しい思いへの共感があるからこそ「♯保育園落ちたの私だ」とハッシュタグをつけて自分たちの体験をツイートし、Change.org での署名運動に協力したのだ。そして、とうとう本当の書き手が名乗りを上げた。

さきほど憤激と書いたが、ここに書きつけられた感情とは、失敗を安易に誰かのせいにするような、他責的な怒りなどではない。深い深い失望だ。「これだけ頑張っているのに。初めての子育てに結婚生活に社会復帰の準備にと、あちこちから自分に寄せられる期待と課題に、懸命に応えようと努力しているのに」という悲嘆なのだ。

「どうすんだよ私活躍出来ねーじゃねーか」は、傲慢ではない。「この高い壁を乗り越えて輝けと言われ、よじ登る準備をしたのに、登れと言った側がハシゴを外した理不尽」への皮肉であり、自分の立場の弱さを思い知らされた自嘲だ。当事者がその失望の淵から絞り出した怒りのエネルギーに、同じく当事者としての実感や記憶を持つ多くの人々が呼応した。

ところが、「#保育園落ちたの私だ」とあれほど多くの女性、男性たちが声を上げ、国会前デモが敢行され、Change.orgでのネット署名には約2万8000筆が集まって塩崎恭久厚生労働大臣へ託されたというのに、「日本死ね！！！」の字面の激しさだけにとらわれて、書き手の本質的な思いやテーマが全く理解できない人々もいる。

「これ本当に女性の方が書いた文書ですかね」「言葉が日本語としては汚い」「教育上の影響も懸念」――国会でのみずからのヤジを「『日本死ね！！！』という言葉の悪さ」のせいにして一向に議論の焦点が合わず、視聴者からの嘲笑を浴びた平沢勝栄議員や、「『保育園落ちた日本死ね！！！』は便所の落書き。東日本大震災の被害者に申し訳が立たない」と、待機児童問題と震災の喪失をごった煮にするという論理破綻もはなはだしいブログで「理解力が低い」とネットで評され、小さく話題を提供した40代の男性杉並区議など。「この人たちは、保育園に入れるかどうかが、どれほど子育て中の働く父母にとって生命線であるかを本当に知らないのだろうなぁ、そして〝真に〟怒れる女性と真正面から対峙したことがおよそないのだろうなぁ」と不足を感じる。

特に平沢勝栄議員の「これ本当に女性が書いた文書ですか」発言に至っては、この待機児童問題でデモや署名に参加したような当事者たちとの、何万光年もの距離、むしろ次元の差さえ感じた。

女性とは激しい感情を持たない生きものだとでも思っているのだろうか。あるいは、激しい感情をあらわにする女性は「まともじゃない」、だから「そんな人間の言うことは信憑性がない」と信じているのだろうか。では、まともに扱われるべき品性ある種類の女は、死ぬまで静かに涙でも流して、歯を食いしばって耐えでもするのだろうか。怒りを表すことすらできないなんて、そんな女性像がまかり通る社会こそ、正直いってマトモではない。

翻って男性には、怒りが非常に簡便な〝男らしさ(?)〟の表現として実に頻繁にまかり通り、声を荒らげたり毒づいたり暴れてみたり、そんなことが実に容易に許されている。平沢勝栄氏本人からして、これまで数々の政治家同士の〝ケンカ〟で名を売ってきた人物のはずだ。それなのに、なぜ女が世の理不尽に対して怒ったら、それは「ろくでもない」と切り捨てられるのだろうか。なぜ正当な怒りとして尊重されないのだろうか。待機児童問題の理不尽と深刻さを瞬時に理解できなかった政治家に向けて、当の女性たちからのみならず男性からも、嘲笑に近いツッコミが殺到している。

「少子高齢化で、女性も労働力に組み込まなければ、日本の労働人口が先細る」「日本は女性の地位が低いなどと、外圧もうるさいし」

――政治家が〝女性活躍推進〟を進める本当の理由はこの辺であり、決して女性たちの「働きたい」との思いや職業人としての矜恃を汲み上げたわけでない。彼女たちの意思本位で決められたとはとても言えない制度の中で、育児と会社勤めを両立させ、「育休世代」と呼ばれる働く母親たちは、十分素直に政策に従い、産後もすぐに社会復帰して、M字カーブの谷を上げようと寄与している。

政策が動かしている気になっている女性たちは、のっぺらぼうな〝層〟や〝労働力の集合体〟ではない。1人ひとりに人格があり、人生があり、職業人としてのスキルや専門性を持つ、複雑で深遠な人間なのだ。立派な一個の人格なんだよ、若い女だって。人間なのだから、何かのきっかけで暴発し得るエネルギーも、もちろん内包している。政治家のあなたたちが活躍させようとしているのは、あなたたちがにわかには信じられないような「死ね!!!」という言葉が内側から噴き出す強さと激しさを持った、現代の女性たちなのですよ。

2016・3・22

Question

女の悩み相談

「僕と仕事、どっちが大事⁉」対処法は？

20代後半の会社員です。学生時代から長く付き合っている男性と結婚することになりました。彼はいわゆる〝9時5時〟の定時で終わる仕事をしており、私は〝毎日終電・休日出勤〟の激務です。結婚式や新生活の準備を進めるうちに、彼が「そんなに忙しくて家のこととかできるの？　大丈夫なの？」と言い出しました。先日、仕事が理由で式場の下見をキャンセルせざるを得ないことがあったのですが、その時は「僕と仕事、どっちが大切なの⁉」とキレられました。全く仕事をしたことがない人ならともかく、同じように働いている男性からそのような言葉を浴びせられたことがショックです。私は結婚後も、いまと同じように働きたいと考えています。結婚自体を考え直したほうがいいのでしょうか。

「私と仕事、どっちが大事なの⁉」は、男女間の喧嘩の定番フレーズでしたが、「僕と仕事、どっちが大事⁉」も勢力を伸ばしているようです。

彼もあなたも変わらねばなりません

「あなたこそ、そんなに世間知らずで私との結婚生活できるの？　大丈夫なの？」と言い返してやりたいですな！　9時5時仕事だか何だか知りませんが、学生時代から長々付き合ってきたくせにあなたの仕事の実情なんか全く見えてなかった大バカ野郎ですよ。いままでどこ見てたんだ、その節穴は目か！（あっ、逆だった。）

……はっ、すみません、つい逆上してしまいました。そういう男性は、頭で理解していることと、目の前の現実とをすり合わせるのがちょっと不器用なんです。実際に自分の身に降りかかり、暮らしに関わってきて初めて「奥さんがフルタイムで、しかも激務ってこういうことなんだ」と知るわけですが、そこで必ず一度感情的にゴネたりキレたりしてみせるのが面倒くさいですなー。まぁ、坊やなんですよ……世間知らずなんです。きっと彼のママンもおうちのことをしっかりやるタイプの女性なんですよね。

彼がショックを受けたこと自体があなたの側のショックだったように、結婚とはお互いの育ってきた家庭の文化や暮らしの流儀を持ち寄ってすり合わせ、新しく〝2人の〟流儀や家庭文化を作り出していくもの。カルチャーショックはつきものです。違って当たり前なのですから、違うこと自体は問題ではありません。

ただ、お互いに「違う」を前提に受け入れたり、要求や意見をきちんと伝え合ったり調整したりできる関係であるかどうか、それこそが大切な部分です。変にどちらかが無理をして柔軟なふりをし、それに乗じたほうが相手の流儀を軽視して踏みにじり、自分流を押し付けるようなことになっては、まぁ不幸です。私の周囲はみな結婚10年や20年選手ばかりですが、それ、ホントーに後を引きますよ。

彼も変わらねばなりません。同様に、

あなたも変わらねばなりません。〝9時5時〟の定時で帰れる彼が、〝毎日終電・休日出勤〟の激務のあなたと結婚すると、日々どんなタイムテーブルになるのか。誰が何をするのか。何かを変えるのか(例えばあなたの〝結婚後も、いまと同じように働きたい〟意思であるとか)。それで2人は幸せなのか。結婚前に衝突があって、本当によかったですね。ここでしっかりとぶつかって話し合い、現実的にライフプランを確認していくのがいいと思います。結婚後の人生のほうが、長いですから。

女と仕事

ワーママvs専業主婦、ＰＴＡ冷戦の行方

大人になるって素敵なことだ。漫画やスイーツや化粧品の大人買いもできるし、アーティストのライブチケットが取れなきゃ、クレジットカードにものをいわせてファンクラブにその場で入会、即ファンイベントのチケ取りが可能。校則も人の目も関係ないから、思いつきで「スタイリストさん、やっちゃってください」と好きな色に髪を染めちゃう。既製品に好きなものがなければ、知り合いのデザイナーにちょいと電話してオーダーしちゃえ。気分が腐る日は、とっておきのボトルを開けて飲みながら漫画一気読みしちゃえ。気分がいい日もボトル開けちゃえ。「あー運動しなきゃ」ってなったら、素敵ブランドでウェア一式お買い上げして、まず形から入っちゃえ。仕事さえちゃんと上げれば（上げられれば）、夜中までまとめサイトを見まくったり、ブルーレイを観まくったりしても誰も怒らない。さすがに40歳を超えると（いや30歳を超えた時からだ）翌日の睡眠不足はこたえるけど。

好きなことを好きなだけ、好きなタイミングでできる自分がラクで仕方ない。誰の視線に臆することも、すくむこともない。批判と称賛は紙一重の同じエネルギー。愛されてもディスられても「ありがとう」、無視されるならそれはそれと、いなし方もすみ分け方も体得してきた。大丈夫、私は十分に愛されたい人たちに愛されているし、愛したい人たちを愛している。人は人、自分は自分。粋がるのでも強がるのでもなく本当にそう言えるのは、これまでに十分、オンナノコ（仮分類）として人の顔色や評価をうかがって応える作業をしてきたからだ。

だから、あんな面倒くさい時代に戻ろうと思わない。

小学校高学年〜中学という、最も女子が女子としてのいやらしさと輝きを発揮し始める時期。生まれたばかりで飼いならされていない女性性を、自分でもどうしていいのか分からずに、同級生に、親に、きょうだいに、大人に、見知らぬ他人にぶつける。そんな時期を女子だけのクラスと女子校で過ごした。小学校がいい感じにイカれた進学校で、高学年になると男女別クラスに分けたゴリゴリの受験指導を受け、女子中高へ進んだからだ。美人も、賢い子も、性格のいい子も、男を見る目のある子も、そしてもちろんそうでない子も、いろいろいた。

そこで、数多ある女の道を統べるただ一つの摂理を学んだ。女は、どの道を選ぼうとも「自分の道は楽勝」「こっちの水は甘い」「うちの芝生は青い」と発言してはいけない。相手の道を批判してもいけない。「お互い苦労するね、がんばろうね」が最適解だ。〝女が嫌う女〟は、そういう暗黙の了解を無視するから嫌われる。形だけ「お互い苦労するね〜」と眉をハの字にして言いながら、ちゃっかりグループから一抜けする女は〝ずるい女〟と呼ばれる。共感の枠からはみ出てはいけないという幼稚な感情習慣が、大人になってからも綿々と続いている女性同士の空間に、覚えはないだろうか。そこに、生産的な結論をもたらす議論は存在し得ない。

共感を仲良しの根拠とするコミュニケーションの枷とは共感それ自身であり、SNSで散見されるように他者に自分への共感や承認を請い、人間関係や能力の評価を好悪の感情だけで判断する人は、反作用で自分も共感を安売りして回らねばならない。

「男とは」「女とは」がステレオタイプだと分かっていながら、でもそのステレオタイプでうまく予定調和に落とし、八方丸く収めることのできる場面は〝億〟ほどある。座りのいいシナリオに沿わないシーンを、実のところ、男だろうが女だろうが人はあまり好まず、クラッシュやバグを恐れている。

そんな日本の女性が義務教育時代に叩き込まれた「共感の予定調和」が限界に来ているのだろう……。そう思ったのは、ワーキングマザーに向けた原稿を多く依頼されるようになった頃からだ。ワーママが専業主婦に抱く、もはや嫌悪とも呼べる感情。専業主婦がワーママに抱く反感。リリースした記事がきっかけとなって、SNSでの反応がさまざまに噴き出す。

子どもの学校でPTA役員をした時に見聞きした、「『働いているからPTAはできません』って、お母さんが働いているかどうかは〝個人的な事情〟でしょう。それをどうして働いていないお母さんが尻拭いをしなければならないの。最近の働くお母さんたちはワーママだとか言って、結局わがまま」との見方や、「現状の教育現場が母親に期待している内容が、どう考えても、〝女性も働くのが当然の現代〟仕様にアップデートされていない」との指摘。毎年PTA役員選出でゴタゴタする冬と、一旦決定してから新役員体制で始動する春に必ず出てくる「PTAとは」関連のコンテンツや怒り・不満のツイート。ネット上ではこんなに「専業主婦vsワーママ」の需要があるのに、実際の保護者会ではひたすら誰もが押し黙り、手も挙げず、何事もないかのように取り澄ます。事前に井戸端会議やSNSで散々欠席裁判が行われているからだ。

みんなもう十分おばさんのくせに、おばさんになってまで、まだ義務教育時代の呪いにとらわれている。もう他人の視線に鈍感になって自由に好き勝手なことしているくせに、女同士のことになったらその時だけ、あの子は別グループ、なんて、まだ「共感（できる私たちだけが）仲良し（よねー）ごっこ」している。スクールカーストだかなんだか知らないが、義務教育の根は深い。

先日、野田聖子さんとサイボウズ青野社長の、子育て政策に関する対談記事を書かせていただいたところ、ネットで大きな反響を得た（参考／BLOGOS　2016年4月15日付「私は安倍総理に「育児と仕事の両立は無理」とはっきり言った、女性はもっと「できません感」を出そう」）。

チーム・コラボレーションを支援するツールを開発・提供するサイボウズ・グループ。2014年に、ワーキングマザーの働き方をテーマにした動画を公開し話題となった。続く15年末に公開された父親を主人公としたワークスタイルドラマ「声」（出演 田中圭、オダギリジョー 他）の視聴後に行われた衆議院議員の野田聖子さんとサイボウズ代表取締役社長の青野慶久さんによる対談では、共働きで子育てする夫婦を取り巻く環境や困難、そして喜びについて意見が交わされた。

反響のあまり2ちゃんねるやまとめサイトでも取り上げられ、スレッドやコメント欄の伸びがすごい。匿名サイトのいいところは、男性も女性も、補正を加えない本当の守備位置から外聞を気にせず粗い本音を投げつけてくるところだ。性別の見えにくい発言、そこに価値がある。その中にあった一つのコメントが、私の印象に残った。

なんで女性って自分たちの生き方を自分たちで話し合わないの？

男に（文句）言うの？

男に（詰め寄って）解決してもらおうって魂胆で何が「女性が輝く社会」なのか？

何が「女性は強くなった」のか？

最終的に一つの意見にまとまらないにしても、

何が問題かのおおよそのコンセンサスは見えてくるでしょうよ。

思想や生き方が違う女性たちが、女性だけのコミュニティでガチで議論し、

感情的になり、罵り合うようになれば、

野田氏の提言も、大抵の日本の社会問題も解決すると思います。

それをやらず、「多様性」なんて綺麗事でまとめても、

多様性維持の労力を男性までもが払っている。

よしましょうやそんなの。

「多様性維持の労力を〝男性までもが払っている〟」という点には、異論を唱えたい。男性だって多様性の中にいて、決して〝ザ・男〟なんて想像上の動物1種類しかいないわけではないのだから、男性もまた「多様性」という議論の当事者だ。

だが、「なんで自分たちの生き方を女同士で話し合わないの」「思想や生き方が違う女性たちがガチで議論し、感情的になり、罵り合うようになれば」「『多様性』なんて綺麗事でまとめずに」これはその通りだと思った。

ダイバーシティでごまかすなとの声に、そうだ、日本の女の中には衝突が足りていないと思った。ダイバーシティとは、その語が社会的に認知されるに至った背景からして、差別や諍いや摩擦の歴史を経たところにある。日本の女は「共感仲良し」の習慣にとらわれて、自分たちの中で陰口を散々たたいても、真正面の衝突を避けてきた。それは、もしかすると社会思想史的には〝対男性の弱者連合という戦線を張ることで、連帯する必要があったから〟……ということなのかもしれないけれど。

でもそろそろ、日本の女が（引き金が国連勧告だろうが政治であろうが）本気になって〝女性（がまともに）活躍（できる仕組み）〟を志し、「男性主導の枠組みの隙間に身を置かせてもらうのではない人生を」と思うのなら、一度、女同士の壮絶なキャットファイトを起こして毒出しをするべきなのかもしれない。「甘えてんじゃないわよ！」「粋がってんじゃないわよ！」「あれこれ理由を並べて、自己正当化してんじゃないわよ！」「ははっ、あんたもね！」と、お互いに罵り合う時が来ているのかもしれない。

ゴールデンウィーク明け、私の経験ではそろそろ各地の学校でＰＴＡ総会が開かれる頃だ。芽吹く季節とは、内包されたエネルギーが爆発する季節でもある。不穏バッチこい、だ。

２０１６・５・１０

「時短勤務者は甘えている」のか？「資生堂ショック」の本質

2015年11月9日、幼い子を育てるワーキングマザーたちの間に激震が走った。「NHKニュース おはよう日本」の「資生堂ショック」特集がきっかけだ。時短勤務をする子育て中の女性社員にも通常と同じ平等な勤務シフトやノルマを与えるとした資生堂の方向転換が紹介され、「資生堂ショック」というキーワードがツイッターでトレンド入り。放送内容が一斉に拡散され、ネットのあちこちでさまざまな意見感想が述べられた。

もともと資生堂は、日本企業の中でも「女性に優しい会社」の筆頭株として知られる企業だ。事業所内保育施設や法定を上回る育児介護休業・短時間勤務制度の導入など、2000年代からの積極的な子育て支援策の充実ぶりで有名である。

だが、近年の女性活躍推進という大号令のもと、女性管理職比率や女性社員採用比率の上昇など、女性が働きやすい環境を整えるために官民挙げての護送船団が組まれているかのような現在の風潮の中では、資生堂の方向転換は当の短時間勤務中の母親たちから「女性への裏切り」と反感を持って受け取られることもあったようだ。ネット上では資生堂に批判的な反応が多く見られ、中には「資生堂の商品はもう買わない」と吐き捨てるような声もあった。

この一連の動きの背景には、女性正社員の短時間勤務（以下、時短）が現代の労働事情の中で少し特殊な、微妙な位置にあることを説明する必要がある。

2000年代、まさに資生堂のような企業が旗振り役となって、女性社員が出産・育児するにあたっての優遇策が日本の多くの企業で提供されるようになった。労働基準法で認められた産前産後計14週の出産休業に続いて、子が原則1歳に達するまでの育児休業、そして復帰後は「改正育児・介護休業法」によって子が3歳の誕生日を迎えるまで1日の労働時間を6時間に短縮できる短時間育児制度が用意されている。

しかし法定期間はあくまでも最短の期間を示すものであり、実際の運用期間（社員の子どもが何歳になるまで育休や時短制度を利用できるか）は企業判断に委ねられている上、時短勤務制度の運用実態も企業によってまちまちだ。

中には、子どもが3歳になるまで育休取得可能（その間の賃金は支払われないが、籍は保たれる）というケースや、時短1時間減までなら賃金カットなし、さらに子どもが小学校3年生の年度末、または小学校卒業まで時短取得可能といったような恵まれた例もある。

しかし多くの場合、時短勤務をしている社員は、基本就業時間よりも短くなった分を「働いていない」としてその分の賃金を減額されていることは、当事者以外にはあまり知られていない。会社によっては時短は一律2割カット、または4割カットなどと定めている。

このように、実際の運用が所属企業によってまちまちであること、そして時短中の社員をどう業務に組み込むか、本人が望む仕事の量や難易度、時間外勤務が可能であるかどうかが個々人の事情によってバラバラであることが、職場では紛糾のタネとなる。時短制度は、従業員数が多く経営体力のある企業では安定運用されている例も多いが、半面、業績不振の企業ほど「時短社員はすぐ帰るし、大きな仕事はやりたがらないしで、使いにくい」「社に貢献できていない」「さっさと帰れていい身分」「ぶら下がり社員」「しわ寄せが他の社員にくる。時短社員ばかり甘やかされて不平等」などと不満を呼び起こしている場合もある。

だが多くの企業においては、上述のように時短社員は本来「自分の賃金カット分で時間的余裕を買っている」ようなもの。賃金を代償にしているのだから、それは不平等ではない。

まさにその意識で、重要な業務を任され上司の高い評価も受けながら時短勤務を続けている、ある女性社員は「自分の中では合理的な選択だと思ってバランスが取れており、生産性もクリエイティビティも十分に高いという自負がある。けれど、同じ（幼い子どもを育てるワーキングマザーであるという）境遇でない社員には、こういう感覚は理解されにくい」と語る。彼女の場合、理解ある上司に恵まれたおかげで勤務評定が高く、産休育休を子ども2人分きっちりと取得していまなお時短勤務であるにもかかわらず、同期の中でも比較的早い昇進を手にした。ただそれは「自分の部署が社の収益を牽引する、際立って業績の良い部署であることによる、余裕ある対応」であることも自覚している。「時短制度の良さを享受して、仕事も家庭も自分軸でバランスをとる」。それを達成できれば個人も会社もＷｉｎ－Ｗｉｎなのだが、業績の悪化を前にした時、ある種の犯人探しが起こるのは仕方がない。

　資生堂ショックを語るにあたって二宮尊徳の「経済なき道徳は寝言である」との言葉を引用した経済コンサルタントもいるほどで、経営責任を負う経営陣としては当然の判断だ。それゆえに女性社員が全社の8割を占める資生堂にとって、時短社員を実効的な戦力に組み込むことは大きな課題であり、これまで日本でいち早く子育て支援策を拡充してきた歴史を踏まえた上で、「子育てを聖域にしない」と方向転換したと伝えられている。

　ただそれでも、時短社員の実情は「ぶら下がり」や「甘え」などと無神経にくくることなどできない、とはっきり記しておきたい。

　以前、さまざまな業界の女性時短社員にヒアリングする機会があり、たくさんの方々に快く応じていただいた。保育園のお迎えギリギリの時間まで仕事をこなし、ダッシュでお迎えに行き、そのまま夜まで育児と家事にかかりきりになり、場合によっては夜中に持ち帰った業務に取り掛かるという、目が回るほど多忙な暮らしを送る――彼女たちの言葉には、絞り出すように苦悩がにじむものも多々あった。

「時間に制限があるからこそ、常に時間と戦いながら猛烈な勢いで仕事をこなしているのに、私が帰宅してから何をしているかが見えないから、『子どものせいにして帰れるからいいよね』なんて言う無神経な同僚。悔しい」

「かつての面白くてやりがいのある仕事から遠ざかった、2軍落ちのような悔しさに苛まれる」

「時短利用というだけで給与は一律4割カット。それでもフルタイム勤務と変わらない営業数値目標を割り当てられ、数字を必死の思いで達成しても、成果に見合った報酬がない。査定があるたびに心が折れそうになる」

「『時短なんだから、君のほうが余裕があるだろう』と家事を手伝ってくれない夫に向かって、『私にも会議や打ち合わせや接待があり、その上で子育てもしている。だから家庭内のことは分担してほしい』と、ガツンと『夫プレゼン』した」

「職場での信頼キープのため、朝、どれだけ子どもが（保育園への）登園をしぶろうとも、タクシーを使ってでも遅刻はしない。命がけです」


現状、時短は「女性社員が取るものでしょ？」との無邪気な声もあるくらい、女性が子育てするための制度だと思われている。本来は男性社員も対象とした、〝育児と「介護」のための勤務時間の短縮〟制度であることが忘れられがちだ。現代日本における時短勤務は、日本的な、あれもこれも期待される女性ならではのソリューションとして機能してしまっている。だから女性社員率8割の資生堂が他に先駆けてこの問題に対応することになったのであって、女性に育児も介護もさせるのを当然視する文化が変わらないと解決しない。

また、夫婦の間で妻側が時短を取るのが当然視されるような現在の状況では、結果的に夫の勤める企業が妻の企業のリソースを奪っているのではないかという指摘もある。これまでは子育て支援策を拡充することが企業イメージを上げるというメリットがあったため、そこは問われてこなかったが、実は家庭内で擬似的な「企業リソースの奪い合い」が行われているという指摘は、非常に的を射ている。

ダイバーシティとは「専業主婦を囲った平均的な男性労働者」という昭和モデルを更新するもの。育児も介護も、現代は女性だけでなく男性にも平等に降りかかってくる問題であり、男性も当然当事者なのだ。この資生堂ショックは「時短の甘えを正す」などという狭い女性間の二項対立で語るのでなく、いま「女性の働き続けやすさ」を確保しつつある私たちの社会が次に進むべき、ダイバーシティの上位議論の扉を開けたのだと認識したい。

2015・11・24

君臨する女——あの人は〝リケジョ〟だったのか、それとも〝オタサーの姫〟だったのか

競争市場における需要と供給のバランスというやつで、需要に対して供給量が少なければ価値は上昇し、高まる需要がギンギンになる一方なのに供給が微動だにしなければ価値は高騰する。その高騰ぶりがあまりにむやみやたらじゃないのかと噂されるのが、理系女子、いわゆる「リケジョ」である。

理系大学や理系学部の中でも特に、物理系や工学系学部といった、ある意味何か(知的好奇心ということにしておこう)の盛りである男子がみちみちに詰め込まれているのに女子の存在が消費税率より低い環境の場合、それはもう〝入れ食い〟に近いものがあると聞く。文系だった私としては、社会学的興味が尽きない。

もう一つ、最近とみに気になるのが「オタサーの姫」なる称号だ。聞くだに楽しそうなトラブルの予感で胸が躍る。それでなくとも文字列や2次元だけをずっと見つめてきた、見つめていたいんだという、男子ばかりで偏った編成の「オタク」サークル（オタサー）に、ある日共通の趣味を持った生身の3次元の女子が加わる。その女子が果たしてどのような素材であろうとも、性別が女子であるというその強力な一点のみにおいて、彼女は誰もかなわない特殊能力を持った人材、負けることのない存在として珍重されるのである。

「無敗」。なんと甘美な響きであろうか。「俺は文字列や2次元だけを見つめたいんだ」と主張してきた男子たちは、はじめは無関心を装って心の壁を高く築こうとも、やがて（知的好奇心から）それは瓦解し、あるいは決壊し、興味関心は募るばかり……。彼らのそんな募る関心と想いをダイソンのサイクロン掃除機みたいにギュイギュイ吸い込み、求心性の塊となった女子は「オタサーの姫」としてかしずかれ、君臨するのだという。「君臨」、なんと神々しい姿か。

世間で出回るそんなオタサーの姫のイメージというのは、だいたいにおいて関係者の妄想や傍観者のおちょくりによって実物以上に誇張されているのは確かだ。しかしこの現象はこれまでことさらに取り上げられてこなかっただけで、高度に文化的でアカデミックな分野においては世界中で100年、200年と連綿と続いてきた伝統であることは、当の女たちはよく知っている。マリ・キュリーとか、与謝野晶子とか、当時女性人材の少なかった知的な業界でその優れた一生と恋多き女ぶりを伝えられる女性偉人には、多かれ少なかれそういった面があると私はにらんでいる。

「地味なあの子が、女子のほとんどいない学科に行ったら、チヤホヤされて逆ハーレムなんだって」「こないだ見かけたら綺麗になってたよ」「へぇ〜、自信って大事だね……」と、こんな感じの噂話をしたり聞いたりした記憶はあるのではなかろうか。とある一流メーカーに勤務する筋金入りの理系女子であった友人が言うには、工業大学時代、キャンパスには姫を中心に従者たちが取り囲んだまま移動する、いくつもの「雲」があったという。

ただ、単純に女子の少ない学科に進んだリケジョとオタサーの姫を分けるものは、その分野への造詣の深浅だと、ある経験者は語る。リケジョはその学問分野に当然コミットしているわけで、十分な知識を持ち、立場としては男子と同等だ。しかしオタサーの姫は、そのサークルが専門とするカテゴリへの知識がほとんどないか、または薄いがゆえに「姫」として浮いた存在になる。

現役大学生に聞くと、オタサーでは「オタク知識の薄いのがオタサーの姫になって、濃い女子はただの同等のオタクとして、女とは認識されずに一緒に活動する」、そして「ある時、彼女が本当は女であることをにわかに意識した男子とくっつくんだ」と説明してくれた。「造詣の深さ」でキャラ立ちすればメンバーの一員と認識されるが、「女子」でキャラ立ちすると〝姫〟になる。どちらになるも、女子の側のコミットメント次第ということだ。

しかしそんなオタサーの姫たちにも、徐々に変化が生じてくる。臣下たちの視線と思慕の念を注がれて、服装が変わり、メイクが変わり、態度が変わり、3次元の女性としてきっちりと魅力を身につけた姫は、やがてサークル外の男性とくっついてしまうというのだから、残されたサークル男子たちの悲嘆たるや、トラウマものらしい。姫のこの意図的なのか天然なのか、スレているのかいないのか、全体的に曖昧なふわっとした感じも、この極小で偏った辺境の市場でこそ培われる特殊能力のうちなのだろう。

オタサー環境を卒業したあとも、例えば女性の少ない研究組織などで、そんな女性をたまに見かけたりしないだろうか。ふわっとして曖昧で、でもチャーミング。正直能力的にはどうなのかと思うこともあるけれど、組織内では特殊な扱われ方をしており、だから「君臨」する。しかしそれはシンプルに市場原理によるもの。辺境の狭い市場に外界からの注目がなだれ込んだ途端、これまでなかった広い客観性や市場的公平性が持ち込まれ、本来の人材価値を問われ、もうその姫は「無敗」とはいかなくなるのである。本当の能力とは別の、環境依存的な希少性の上に自分の人材価値を築いてしまった人は、環境が変化したときに足下から崩れる。

これは、お題目だけの女性活用推進例にも言えるリスクではないかと思っている。本音のところでは心地よい男性のみの単性社会でいたいのに、体面や数合わせのために「女性を招いてあげた」といういびつな構図が透けて見えるような組織で、「姫」になってしまった／されてしまった女性はつぶれる。対等なメンバーとして扱おう、組織としてバランス良くなろうという気があるのなら、組織の中に妙な力学が起こらないよう腐心するはずだ。

そもそも、この時代になっていまだ本音レベルでは擬似単性でいたがる組織文化などは、もしやオワコンであって、経営嗅覚の鈍さ、機を見て敏ならぬ鈍臭さも感じられる。いまどき「女も招いてやる」というメンタリティの組織には、招かれないほうが賢明なのかもしれない。

「女であること」は、その人の能力を説明するスペックの一つにはなり得るが、能力そのものではない。いま、自分が所属する集団や組織において「あなたがそこにいてもいい理由」の中に、明に暗に「女だから」が入っているのを察したら、少し警戒して臨んだほうがいい。それはあなたの能力、あなた自身の魅力に対する評価ではないのだから、そこに自分を委ねてしまってはいけない。だって、付き合っている人に「どうして私を選んだの？」と聞いて「女だから」なんて言われたら、ひっぱたくでしょう？　これはきっと、男性でも同じことなんじゃないかな。

２０１５・１０・６

譲る女、譲らない女
——英国のある田舎町で起きた事件

「日本のメディアにおける女性向けの人生相談には、特徴的なロジックがある」と、友人の社会学研究者が指摘していた。

それは夫との不仲や、姑・舅との確執といったような、ワイドショー的な場面での人生相談だ。自分の要求を強く主張したり、ましてや「女性の権利」という言葉を声高に口にするのは「角が立つ」「要らぬ波風を立てる」ということで、それよりも「女性であるあなたの側がもっと賢くなって、上手に相手を立てながら、自分の要求を通すようにするのがいいのですよ」というソリューションがこれまで広く普及してきた。

こうした「女性は主張せずに、周囲の状況を読み、賢く立ち回るのが最も合理的だというロジック」が日本のあらゆる人生相談で奨励されていること、そして「いわゆる〝九州男児〟なる男性たちを〝抱える〟、九州地方の市井の女性たちが共有してきた特徴的な思考と通底するものがあり、他の国の人生相談ではあまり見当たらない」との指摘に、子育てや女の人生相談といった原稿も書く私は考え込んだものだ。

「正面からぶつからずに相手を立て、気持ちよくさせて、その隙に自分の要求をすべり込ませる」なんて、闘うことを回避したずるい臆病者の妥協である、という考え方もできる。男性に譲ってばかりで女性が闘わないから、結局忍耐だ我慢だと現状は何一つ変えられないのだ、だから日本はいつまでも忍耐強い女たちに甘やかされて、根本的に変われないのだ、と。

しかし、相手を気持ちよくさせておいて自分の要求を通すなんてＷｉｎ－Ｗｉｎの手法は交渉術としてはかなり上級。誰も血を流さずに事態を変える「無血革命」を地で行くよなぁ、などとも思うのだ。

そんな「譲る女」だらけの日本ではまず起こらないであろう、女性が「権利」を主張することによる紛争が、例えば英国では起こる。英国バークシャーのメイデンヘッドという、典型的な古き佳き英国の面影を残す小さな田舎町で、２台のメルセデス・ベンツが細いトンネルの中でお互いに道を譲らず40分にらみ合い、大規模な交通渋滞を引き起こしたとの話が、大衆紙デイリー・メールのウェブサイトで報じられた。

この町はテムズ川の上流にあたり、テムズに架かる古い大小いくつもの橋や、橋へ向かうトンネルがある。しかしそれらは古き佳き英国的町並みを保全するのが最上の美徳という英国的態度によって拡張されず、車がすれ違うだけの道幅がないので車線と歩道は一つだけのまま、という場所が多い。信号がないこともしばしばで、そういう場合、車は橋やトンネルに差し掛かると、対向車の様子を見ながら一車線を片側ずつ交互に通行することになる。

対向車がすでに橋の上やトンネルの中にいるときは、自分の側が停車し、橋のたもとやトンネルの入り口で待たねばならない。もし自分が進入したあとに対向車がすでにいたことに気づいたら、より出口から近いほうが入り口までバックする。ルールは存在するものの、あくまでも細部の実践はマナーや良心に委ねられており、橋やトンネルで対向車と出会ってしまったが距離的にはどっちもどっちだったりすると、最終的には例えば相手が女性なら男性側が紳士らしく道を譲り、あるいは余裕のある側が「自分は教養やマナーをちゃんと身につけた質の高い人間である」証明として道を譲る。対向車同士がお互いに譲らないなどという事態は、英国的には非常識極まりない出来事であり、まして40分もにらみ合って渋滞を引き起こしたなど、「嘆かわしい」の極みなのだ。

その一部始終を、居合わせた男性が録画していた。10年落ちのSクラスを運転する、運転技術にも、もしかすると精神や認知の状態にも不安が残るのではと察せられるナーバスな年配の男性と、最新型のメルセデスのコンバーティブルを駆り「私はこの道を先に行く権利がある」と断固として譲らない中年のブロンド女性。この見るからにミドルクラス以上の2人のメルセデスドライバーが言葉少なに、ただ頑固に対峙する異様な姿のみならず、たまたま居合わせた他の不幸なドライバーやバイカーたちの焦りと怒号を交えての40分にわたる紛糾がダイジェストで記録されている。

少々品に欠ける労働者階級の男性がやってきて、お節介にもそれぞれのサイドに「バックしろ」「あんたは道を譲るべきだ」と罵り言葉を交ぜて怒鳴る様子が、事態をさらに悪くしている。動画では女性のほうが入り口から近いのだが、おそらく女性のほうが先にトンネルに進入し、老人の運転する対向車があとから進入してくるのを見た時点で停止したところに、老人がそのまま進入を続けたのではないか、と見られている。それならまあ女性の主張は正しくはあるのだが、とにかく老人は事態もよく把握できておらずただ呆然としていて、「こんな状態で運転免許持っていて大丈夫なのか？」という感じ。最終的には老人側が極めて危なっかしい運転でようやくバックし、事態は解決した。

それを見た読者たちで、大衆紙デイリー・メールのコメント欄は大荒れ。「余裕がある側が譲る」という英国的美徳に照らすならば、どう見てもその（少々痴呆ぎみではと察せられる）老人よりも、中年女性側が譲るべきだったというのが大方の見方だ。「メルセデス」、そして「ブロンド」という、大衆紙を読むような層を刺激しやすいキーワードも災いし、コメント欄には豚だ牛だクソ女だと中年女性への非難が集中した。そんなコメント欄の大勢を反映して、翌日公開された同紙の記事は、「権利意識とプライドだけが高く、他人に譲る精神を髪一筋も持たない高慢な中年ブロンド女」として、女性側を叩いている。

この英国での出来事に、階級、男女の社会的立場や、教義信条、イデオロギーを持ち込んでいろいろ考えることはできるだろう。どちらの側を支持することも自由だが、デイリー・メール紙の「どっちが悪い？」投票では、半数以上が「どっちもどっち」に票を投じている。あなたが女性でも男性でも、「イギリス女、強いな〜。怖いわ〜」という無邪気な感想も大いにあると思う。

ただ私がこの話を聞いて真っ先に思ったのは、少なくともこの瞬間、決して弱者では

ない彼女が断固として手放さなかった些細な「権利」が一体どれほどのものだろう？と
いうことだった。
一方で、いま活躍する日本の女性ビジネスパーソンを見ていても、「柔らかさ、可愛らしさ」と「高い能力」を両立し、「ただの強い女じゃない女」を目指そうとする日本では、まずない光景だろうという気がしている。日本的な強さとは、権利を手放そうとしない単純な固執ではない、それ以上の何かなのかもしれない。柔らかで可愛い、しかも強いだなんて、ある意味最も手強い相手かもしれないよ。

2015・10・27

キラキラ女子社員が年を取るとどうなる？
――21世紀版「私がオバさんになっても」

久しぶりに、読後に「そういうことだったのか……」と真理発見の余韻に浸った記事があった。巷では「顔採用」と噂され、仕事もルックスも輝く〝キラキラ女子〟社員を前面に押し出した広報・人材採用活動のイメージが定着している、サイバーエージェント。その藤田晋・代表取締役に日経ＤＵＡＬ・羽生祥子編集長がインタビュアーとして斬り込んだ、前後編記事だ（参考／日経ＤＵＡＬ　２０１６年４月５日付「サイバー藤田社長、おばさんになっても働いていい？」同４月６日付「女性管理職が怖かったら、続く社員は出てこない」）。

女性活躍推進の大号令のもと、女性従業員が育休制度や時短制度を利用できる企業が増えた。そういった、いわゆる「育休世代の台頭」で、女性の就労率が結婚出産年齢で著しく落ち込む日本社会の特徴を表す、いわゆるM字カーブの谷が徐々にではあるが上がり始めようとしている。それはつまり、これまでは結婚出産を機に、〝いつのまにか女性未婚社員や男性社員の視界からいなくなっていた〟子持ちのオバさんたちが、職場にたくさん存在する世の中になるということだ。

でも、まさにそんな子持ちのオバさんたる40代の私も、同世代や前後の世代の働く女性たちを見て思う。「私たち、いったいいつまで働けるのかな?」。自分の体力も知力も、どこまでもつのかな。今後の人生で、自分や家族の病気や介護など、働き続けられなくなる事態が起こったら、どう対処すればいいんだろう。いまは女性活躍推進で追い風が吹いているけれど、いつかその風向きが逆転する日だって来るかもしれない……。

いつか自分自身が、あるいは自分のやり方が通用しなくなるのではないか。そんなふうに、働く女性が将来を案じる時、お手本となる人生の先輩たちという意味で〝ロールモデル〟という言葉が出てくる。

だが、日本では戦後長らくの専業主婦志向で、結婚出産後も働き続けている上の世代の層は薄い。ましてトップキャリアにおいてはごく少数の特殊例に過ぎないことから、働き続ける現代女性の不安が払拭されない、と指摘されてきた。

先例が少ないということは、誰かのまねをするだけでは生きられないということだ。これはつまり、働き続ける女性には予想以上にクリエイティブな負荷がかかっているということでもある。手いっぱいの毎日を実践するだけでなく、状況に応じて自分の頭でプランを立てて実行しなければならない。私、やり遂げられるのかな? 自分が働き続けることに、どこか確信が持てない……。オバさんじゃなくても、そんな漠然とした不安を持つ、働く女性は少なくないのではなかろうか。

ところが日経DUALの記事は、先述したとおりルックスの整った〝キラキラ女子社員〟を始め、ある意味最もとがった女性観を持っているように世間では思われているであろうサイバーエージェントから、「今後、日本社会に激増するおばさん社員の望ましいあり方」を引き出している。なんという慧眼《けいがん》か。

記事では、「サイバーエージェントでは、〝キラキラ女子〟が年齢を重ね、結婚・出産をした〝コブ付きおばさん社員〟となっても、会社に居場所はあるのでしょうか!?」との羽生編集長の問いに、藤田社長が「もちろん、キラキラ女子じゃなくなっても働き続けてもらえますよ(笑)」と爽やかに答える。

記憶を何十年さかのぼっても一向にキラキラ女子だった瞬間が思いあたらない私は、

「あのキラキラサイバーでも、非キラおばさんに居場所がある」ということがにわかには信じられない。記事を読み進める。藤田社長の発言を引いてみよう。

「〝顔採用〟なんてことはありませんが、サイバーっぽいかどうかを基準に採用すると、男女ともに性格が良かったり、見栄えもぱりっとしていたり（略）似たような雰囲気や外見と素直さで、結局なんだかんだ同じような子になる」

ふむふむ、サイバーエージェントでは〝素直＝潜在能力が高い〟と捉え、素直な子を採ったら、結果的に外見の整った子がそろっちゃったんですね、分かります（屈折）。

「女性は働く際にロールモデルを気にするので、家庭持ちで仕事もプライベートも充実している人が出世するという空気は流すように気をつけている」

なるほど。では、藤田社長が女性社員をケアする時に心がけているのは何か。

「上の立場にいる女性が怖くならないように、チェックしている」

……怖い、とは？

「仕事ができる女性、特にプライベートをかなぐり捨てて仕事をしてきた人は〝どんどん怖くなっていく〟傾向がある」

「上の人がキラキラしているというか、憧れる対象にならないと、下に続く社員は出世意欲を失っていく。だから女性管理職に対して『怖くなるなよ』とたまにメッセージを発するようにしている」

ぐはぁっ。グッサーーーと、どこからか極太の槍が勢いよく飛んできて心臓に刺さった。怖い、かぁ……。私の人生、結構若い時から言われ慣れた言葉だなぁ……。怖い、キツい、捕って食われそう……暗黒の記憶がよみがえって、もう椅子の上で息絶えそうだ。キラキラ女子でなくなっても会社にいていいよ、でも仕事に邁進し過ぎて〝怖いオバさん〟になっちゃだめだよ——どうりで、記事の発言には最初から最後まで〝優秀〟〝有能〟〝デキる〟〝リーダーシップ〟のような、男社会で伍して頑張る女性を評する時の頻出語が出てこなかったわけである。それらは、怖いからだ。〝サイバーっぽく〟ないからだ。

男女雇用機会均等法世代（あるいは雇均法以前）や、団塊ジュニア世代、就職超氷河期世代、そして育休世代。いま働く女性たる当事者にも、いろいろな人がいる。ただ、どの世代の女性たちにも言えるのは、自分の人生と仕事のバランスの渦中で、ひたすら将来のほうを向いて手探りを続けているということだ。

手探りだから、障害物にもぶつかる。いい時も悪い時もあり、いい思いもすれば、嫌な思いもする。だが、そんな私たちがどこか無意識下で目指しているのは、「社会から継続的な需要がある女性人材＝可愛くて嫌われない（そして周囲からの尊重も失わない）オバさん」というロールモデルなのかもしれない。

よく高齢者が「愛される年寄りにならなきゃね」と言うのを聞くが、社会で生きる、年齢を重ねるとは、究極的にはそういうこと。年齢を経るにつれて身に付く経験と知識は、時として自分の考え方や態度を硬化させ、自らを生きづらくするときがある。

これは、女だけの話ではないし、女だけであってたまるものかとも思う。コワくない、可愛げがある、素直な年長者。もはや企業社会は単一性文化ではないが故に一層、男性であっても、可愛げという魅力は組織の中で最後まで泳ぎきる技術の一つなのだろう。

そう、「泳ぎきる技術の一つ」ではあるけれども、もちろんそれだけで組織の中を垂直方向に上がっていけるわけではない。それでも近年、組織の中に生きる女性の姿として、男性と伍して働くゴリゴリキャリア女性像だけではない、可愛くて嫌われない女性というカテゴリーが新たに出現し、語られるようになってきたように思う。それは女性の組織人の絶対数が増え、組織の中で働き続けながら歳をとっていく女性が増えたことの反映だ。数が増えた分、働く女性のニーズや方向性もまちまちとなり、新しい処世術として「可愛くて嫌われないおばさん」という暫定解が出たのではないだろうか。

ただし、時間は万人に平等に進む。かの〝キラキラ女子社員〟だって、藤田社長だって、みんな平等に現在進行形で加齢していく。つまりこの「年取ってからの居場所問題」は、いまキラキラしていようがくすんでいようが、万人に共通の課題なのだ！（ふっふっふっ）

他の誰かの視線のためではなく、自分が心地よく社会に居場所を持ち続けるための態度を、男性も女性も、みなが模索せねばならない時代だ。世間で、組織で、上の世代にも下の世代にも、男にも女にも、適度に可愛がられ嫌われず、最後まで泳ぎきれる人材。泳ぎきった先、向こう岸に立って見える景色とは、どのようなものなのだろう？

２０１６・４・１９

滝川クリステルさんの美しさはどこからくるか?

仕事で、滝川クリステルさんにインタビューする機会があった。それはすなわち、人の話を聞いて伝える〝言葉のプロ〟に、身の程知らずにもこの私がお話をうかがわねばならないということ。いいのか、大丈夫か、私。大変である。一大事である。

仕事の依頼を受けた時は、「わぁ、滝クリさんに会えるんだぁ」と気分が華やいだ。テレビや雑誌で目にする有名人、化粧品の広告にもフィーチャーされるような知的で美しい女性、在京キー局の看板ニュース番組のキャスターとしておじさまたちの視線を釘付けにした元〝女子アナ〟……。何よりも東京オリンピック・パラリンピック招致活動時の象徴とも言える「お・も・て・な・し」のジェスチャーで、日本人なら知らない人はまあいない。わぁ、お隣に並んで写真撮ってもらっちゃおうかなぁ。いや、ダメだなそれは。現代日本を代表する美人の隣に並ぶなんて、自らすすんで〝公開処刑〟されるだけではないか。人はそれを暴挙、あるいは愚行と呼ぶ……。

仕事打ち合わせでそんなことを考えてフワフワしていたら、依頼者さんの言葉で勢いよく現実に引き戻された。

「なんといっても滝川さんは〝言葉のプロ〟ですから。経験のあるライターさんにインタビューをお願いしたいと考えておりまして」。ぐはっ、期待値高っ！　これまで政治やビジネス畑、または学者や芸術家などいわゆる文化人の方々のインタビューに駆り出されることが多かったために、ありがたくも私には「堅めの仕事」のイメージが付いているようなのだ。とにかくご期待に少しでも沿えるように頑張らねば。というわけで失礼のないよう、まずは油断して某バンドの影響でキンキンにしていた髪を「堅めの仕事」仕様へと染め直しに、美容院へ行くところから始めた私であった。

インタビュー当日の滝川さんは、まるで一粒の宝石のような存在感だった。写真撮影の時間、ファインダーをのぞいた男性カメラマンが、思わず目を離して「あの……当たり前のことを言うようですが……すごく、綺麗です……」と素の言葉を漏らし、現場一同で大爆笑したほどだ。

イメージ通りの華奢さと香り立つような美しさ、礼儀正しく柔らかな物腰、まっすぐに相手を見つめ、的確な言葉を探しながら答える知的さと誠実さ。テレビで見たままの姿と耳に心地よい声に、最近のテレビ技術は本当に現実に忠実なのだなと妙なところに感心し、そんな容赦のない〝暴力的〟な技術にも負けずに人前に立ち続けることのできる滝川さんに注がれる天の恵みと、水面下の多大な努力の存在も感じた。

そして思った。女性の私でも魅了されてしまう不思議な引力を持つこの女性は、若い時から日本中に見られること、聞かれることを職業とし、人々のさまざまな視線と関心を引き受けながら自分の声で発信するキャリアを積んできた人なのだ、と。

それは大衆テレビ文化のただ中で、どこか「自分の芸を売る」芸能人と同列に扱われ、無遠慮な視線や歪曲した関心を投げられながらも、公共の電波を扱う大企業の従業員としてその身とプロフィールを公に晒して情報を発信する、〝女子アナ〟なる職業を始点としている。

画面の一部として「若くて綺麗なお姉ちゃん」というだけの存在価値を切り取られ、一列に並べて比較評価される時代を経て、やがて数多いる〝女子アナ〟のプールから、顔と名前と声を持つ一個のキャリア女性として這い上がる。むしろ、這い上がってからが本当の闘いの始まりだ。自分に対する世間の視線が一瞬たりとも途切れず、無遠慮に眺め回され人々の口の端に上る中で人生を歩むのは、どんな気持ちだろう。どれほどの精神力と努力を必要とするだろう。

「すごく、綺麗です」。人物を専門とし長く経験を積んだカメラマンが、咄嗟に漏らしてしまうほどの綻びのない美しさは、神様が与えてくれた恵みをただぼんやりと享受したものなどでは全くないのだろう。これまでも、いまも、世間の関心の渦中で発信し続ける女性の、でもそんな闘いの葛藤や見苦しさなどを微塵も感じさせない、穏やかな自覚と賢明。私は彼女の美そのものというよりも、「人の視線と関心と言葉を引き受ける人生」を選んだ女性の強靭な精神が発する、透き通るような光にこそ、心を打たれて帰ってきたのかもしれない。

2016・5・17

アラフォー女の「イタさ」、30代女の「恐れ」の正体

「何を、アラサー程度でガタガタと……」

当方、今年43歳。マンガ『東京タラレバ娘』のヒット以来だろうか。昨今増えている「崖っぷちアラサー女子の婚活」的なフレーズを見るたびに、もはや〝アラのつかないフォー〟、あるいは〝アラを付けると怒られるフォー〟、正真正銘の40代である私はげんなりしていた。「女のアラサーなんて十分需要があるわい。自分たちで言うほど、崖っぷちでもないいっつーの」

30歳前後であれば、せいぜい崖まであと半マイル、ってところでしょう。そういうのは、実際に崖下をのぞき込んでみてから言ってよね。っていうか、崖の正体が何なのか、ご存知？　崖に近づくのを「キャー怖い！」と言いながら、人に同行してもらうか、ハ

イスペックな王子がひらりと手を取ってくれるのを待ってるようじゃあ（ちなみに王子様は来ないけどね）、まだ先は長いし、どこか余裕があるわけよ。

……そんなことを思いながら、記憶力補助、肝機能支援、シミソバカス退治やコラーゲン、その他秘密の効果のサプリをザラザラごっくんとミネラルウォーターで飲みくだす。おお、今日は腰痛も幾分マシなようだ。肩も上がる。よし、今日もどうにか生きていけそうだ。

私を含む団塊ジュニア（今年45歳から42歳になる、第2次ベビーブーム生まれで、団塊世代に次ぐ人口規模の中でひたすら互いに競争し続ける人生を歩んできた人々）は、もう崖から足を滑らせている。絶壁から突き出る枝にかろうじてつかまりながら、峡谷の世界から吹き上げる風、すなわち更年期の予感を嗅いで覚悟を決めている。アラフィフともなればもうどっぷり更年期で、峡谷の世界の新入り住人だ。これまでに鍛えた美意識と年齢相応の財力で小綺麗に整えた部屋に引きこもり、健康法と趣味の世界に生きている。

ここまで読んでくれたあなたに、〝崖〟の正体を教えよう。それは、卵子カウンターがゼロになる時である。

いま本当の崖っぷちにいるのは、間違いなくアラフォー世代の女たちだ。すでに足を滑らせて落ちていった団塊ジュニア同様に、キャリアはどうするの、結婚するのしないの、産むの産まないの、「進まなきゃ」「でも」「怖い」「でも」と言い続け、「どうしたらいいの」とスピリチュアルに助けを求める。挙げ句世の中のせいにして社会派に目覚めているうちに、「背中を押してあげようか」「話を聞こうか」と助けてくれる親切な皆さんは「なんだ、狼少女（ババア）か」とさじを投げて立ち去っていった。峡谷をのぞき込めば、ただ、体がすくむ。

アラフォー女に近づいてくるのは、甘言を弄して肉体と時間の搾取を企む不倫オヤジか、30代の〝お姉さん〟にビジネス研修や自己啓発の延長くらいの意識で興味を持つボクたち。思い描いていたようなハイスペック王子は来ない。っていうか生身の現世にそんな相手はハナから存在しない。男も女もお互い様、リアル世間はもっとベトベトでブヨブヨで臭くてネバネバでダメダメなものよ。知ってる、分かってる、でも、体が動かない。

前へ進む意思のある他のアラフォー女たちは、体力が残るうちに上の世代の屍を踏んでさっさと前進した。王子様じゃない現実の男と結婚するのでも、最後の断末魔でとにかくどうにかして産むのでも、なんでも。でも自分には、「これだ」と自分が人生の舵を切るための、納得できる理由も、雷に打たれるような出会いも見つからない。

……いや、だからね。アラフォーにもなって雷に打たれるような出会いがないと動けないなんてのが、そもそも体が動かない理由ですよね、多分。で、それってなぜなんでしょうね？

アラフォーや30代の女たちが崖の手前で右往左往する様子を後ろから見て、早婚志向を持つ20代がキャリアを継続しながらどんどん結婚し、出産しているのだと指摘する、人気ブロガー〝トイアンナ〟さんのブログエントリが大評判だ（参考／2016年5月19日付「もしかして少子化問題って10年後には解決してるんじゃないの？　非婚が進む30代と早婚志向な20代の溝」）。

今の20代は年上世代の悲劇を後ろから見ている。半数の企業で総合職女性が10年残らないことも、管理職への出世や結婚がままならないことも。（中略）せめて仕事での成功か結婚のうち2つに1つは欲しい。でも先輩を見ている限りはどちらも手に入りそうにない。だったら結婚くらい先にしておかなくちゃ……というのが20代のマインドセットではないか。

対して30代はもう少し悠長である。社会から「一人前」と認められたいけれど、それ以上に遊べなくなったり、妥協してまで相手を選びたくない。
30代女性の非婚が進む。これを読んで同世代男性や、同世代既婚女性の中には「ざまあみろ」と快哉を叫ぶ者がいるだろうと思った。30代キャリア女性だかアラフォーだか、可愛くないいんだよ、と。仕事で頑張ったってたかが知れてるのにお高くとまって、でももうあんたに需要なんかないいんだよ、と。

お高くとまってなんかいない。でも、そう見えてしまうくらい仕事にこだわり、完成度を追求してしまうのは、彼女たちが就職活動で経験した氷河期のせいなのだろうと思う。「超就職氷河期」と言われた2003年の谷を経験した女子学生たちは、今年まさに36歳になる。嫌というほど断られつづけ、自分という人間を欲しいと言ってもらえず、全否定される経験をした世代だ。

その谷よりは手前で就職できた30代後半女性も、後輩となる新卒採用がなくなり、自分は職場の「万年新人」として企業経済がどんどん痩せ細っていくのを、多感な若手時代に間近で見てきた。だから、仕事をしていられる、稼いでいられる状態を手放すなんてことは考えられない。それは「怖いこと」なのだ。ようやくキャリア上の安定へと漕ぎ着けたのに、結婚や出産で、相手の考え方や状況次第では働き続けられなくなるかもしれない、そんな不確定要素が怖くて嫌なのだ。だから「妥協したくない」のだ。

アラフォーは悠長なのではなく、不自由なのではないか。ずっと寒い部屋にいると体が冷え切って動かなくなるように、彼女たちはいざという時のために体力を温存しようとじっとしているうちに、いつしか動けなくなってしまったのではないか。そして景気が回復して後からやってきた世代や、あの氷河期をすっかり忘れたように振る舞う人々に「なぜ結婚しないのか、産まないのか、もうお前に需要なんかないぞ」と後ろ指を指され、責められているように感じてしまうのではないか。

一方、20代女性は、自分の人生が一人で完結するとは毛頭思っていない、思えないという社会状況がある。男女が同じように働き、稼ぐのは当たり前。夫婦どちらかが大きく稼いでどちらかが専業主婦／主夫になるなんて設定こそ夢物語だと思っている。1馬力で1000万円稼ぐのではなく、500万ずつ2馬力で寄せ合って暮らすのが人生設計だ。そう考えたら結婚するのは当然のこと、いずれ子どもを持つのなら、キャリアの取り戻しが利くように早いうちがいい。それゆえの早婚志向なのだ。

学生時代、男子も女子も就職するのが当たり前と教えられてきた。でも、どんなにこちらが恋い焦がれようとも、採用の門は狭く、欲しいと言ってもらえなかった。だからせっかく手にしたいまの仕事を手放したくない――ひょっとすると、いまのアラフォー以下30代女性とは、日本史上最高にキャリアへのこだわりが強くならざるを得ない世代なのかもしれない。

だが女は、望むと望むまいと、卵子の枯渇という肉体的な絶対の現実を前にして、自己査定のやり直し、女としての仕切り直しを迫られる。これは〝社会的に刷り込まれた価値観〟とかなんとかの問題ではない、肉体的な現実だ。年をとれば現実に体は変わり、精神が、思考が、その影響を受ける。先達の女性たちも、皆その道に分け入ったのだ。「産めなくなれば女の価値がないとでも言うのか！」という話ではない。誰もあなたに値付けなんかしていない。あなたに値付けをしているのは、本当はあなた自身だ。

40歳ともなったら、どんな人生の選択をしようともそれは自分のもので、自分の責任。親や社会や男のせいには、もうできない。職業人としての完成度を追求していくのも、あるいは次世代生産にエネルギーを費やすのもいい。しかしどんな道を選んでも、最終的にそれを〝幸せ〟にするのは自分なのだ。自分なりに持てるものを全開で使いきって、倒れ込む。その先にあるものが、後悔であるわけがない。そうは思わないだろうか？

2016・6・7

Question

女の悩み相談

プロ野球の話しかしない夫に困ってます！

夫が〝プロ野球好き〟すぎて困っています。夫から私に話しかけてくる内容の9割5分がプロ野球に関することです。私から夫に話しかければ、他の話題でも普通に答えてはくれますが、それがプロ野球の話だととてもうれしそうです。私もプロ野球は嫌いではありませんが、夫からそれ以外の話題で話しかけられたいです。夫婦の会話がないよりはマシかとは思いますが……。どうしたらよいのでしょうか。

自分がそこまで興味のない話をずっとされるのはつらいもの。しかし、それが大好きな人による大好きなことに関する話となると、なかなか言い出せないものです。

相手の文化を知ろうとすることが相互理解の第一歩

いやー、分かります。ウチの夫もプロ野球好きで、ナントカリーグが始まるとテレビがずっと野球中継やスポーツニュースになったり、ごひいきのチームが優勝などしようものなら雑誌やスポーツ新聞を集めたり。あとはバスケとか、アメフトとか。私の実家はそれらの競技を見る習慣がなかった上に、私自身全く知識が（興味も）なく、結婚当初は「なにこの球技大好き文化……」と引きました。

逆に、私の実家はマラソンとフィギュアスケート文化だったのです。駅伝や4大マラソン、フィギュア国際大会の中継番組もつけっぱなしで、あの選手のコンディションは今年はどうだ、最近あの大学はいい感じだなんだと、話題に上ります。もちろん、夫からしたら「なんだそれ、スポーツじゃないだろ?」(↑いろいろ敵に回す発言)てなもんです。

しかも当の私はサブカル大好きときており、文芸や音楽や漫画や映画演劇や思想関係の話ならずーっと酒の肴にして飲んでいられるという体たらく。なのに、ウチの夫はサブカル界隈なんて視界の外、そして結婚当初は全くの下戸。そんな、お互いの文化の合流点が一向に見当たらない夫婦でもどうにか20年やってますから、安心してください。

同じ趣味で知り合って、それで結婚してずっと仲良く……なんてのは、少女漫画的というかおとぎ話的というか、一見〝こうして2人は永遠に幸せに暮らしましたとさ〟に見えるものですが、人は成長によって変わり、興味も変遷します。それまでぴったり合っていたものが徐々に離れていったり、逆に何万光年も離れているとしか見えなかったものが奇跡の合致を見せたり、そしてまたゆっくりと離れ、再び出会ったり。人間ってそういうものです。

夫婦というのは同じミッションに共に向かって行ける生涯の戦友であって、100%同じ興味を共有している必要なんてないんですよ。「イヤっ、私は自分を100%理解してくれる人と結婚したいのっ！」ってなスイーツな人は、自分と結婚してりゃいいじゃないですか。

頭の中がプロ野球だらけの旦那さん、少年のようで本当に可愛いですね。プロ野球でいっぱいの間はむしろ、それ一つで機嫌の良し悪しも測れるというもの。「うわー、幸せそうだなぁ」と保護者のような気分で見守り、たまには一緒に野球観戦デートとしゃれ込んだり、ちょっとくらい野球を予習して質問の一つも投げかけたりしてあげてください。

自分が相手の文化を理解してあげようとしている限り、相手もやがて自分の文化に興味を示してくれるのです。野球くらいでハッピーになってくれるのなら、簡単なものですよ。

日本と世界と女と男

女もアラフォーともなれば、生き様がすべて「顔」に出る

皆さん、歯ぎしりの激しい女はお嫌いだろうか。私はどうもストレス（原稿〆切とか）や心配事（原稿〆切とか）があると無意識に歯ぎしりしてしまう性分らしく、寝ている間にゴリゴリやって、起きたら顎がダルい、なんて悲しい朝をたくさん迎える人生だ。歯医者に行ったところ「度重なる歯ぎしり」による歯のすり減り、および「加齢に伴う歯グキの衰えと後退」による知覚過敏を指摘され、最近は知覚過敏対応の歯磨きペーストが手放せない。いま20、30代の皆さん、加齢は肌や腹回りや尻だけでなく、髪にも歯にも骨にも来ますよ。いまから心の準備をしておきましょう。

……と、そんな40女の加齢話などどうでもいいのである。しかし、40を過ぎると男も女も顔に責任を持てと言われるように、さすがに入れ物も40年モノともなると、表情ジワや、骨格、姿勢、発音などのクセによりさまざまな顔の歪みが出てくる。歪みやクセ

が長年蓄積して顔に表れた結果、その人の性格を顕著に映してしまうのであり、だから眉間の縦ジワは険があるから不幸顔とか、目尻の笑いジワはいいシワだから幸せ顔とか、まあいろいろ言うものだ。

私は歯ぎしりのせいか口元に力が入り、ほうれい線が腹話術の人形のようにクッキリするのを毎日化粧で埋めてごまかしている。眉間のシワも縦にしっかり2本入り、芸風の口の悪さにさらに険を増す効果抜群なので、こっそり前髪で隠すようになった。そんなわけで、すでに意識の高い女性の皆さんには「いまさら?」と笑われそうだけれど、ようやく年齢相応に美容と健康に関心が高まり、最近は食事（特に飲酒）の改善や美容サプリにも手を出して、悪あがきを始めたところでございます。

……と、なぜ自虐全開で〝顔〟の話を始めたのかというと、今年（2015年）活躍してメディアを飾るなどした、「今年の顔」たる女性たちを思い浮かべていたからだ。芸能人だけでなく、政財界やジャーナリズム、アカデミック分野などにも思い浮かぶ女性の顔が増えたのは、もしかして国を挙げての〝女性が輝く社会2015キャンペーン〟（正式にはそんなのないけれど）が奏功したからかもしれないな、などと思う。

今年、私がインタビューなど仕事上でお話をうかがったのは、30代前半で海外紙の「活躍する女性100人」に選ばれた若手女性起業家から、青年海外協力隊の初代隊員で、日本のNGO活動の礎を築いた80代女性、御年90歳で「アイドル」グループのリーダーとして全国で活躍し、日本の80～90代女性への先入観を気持ち良く裏切ってくれるチャーミングなおばあちゃんなど、年齢の幅も広ければ、活動分野も多岐にわたる女性たち。そしてどの女性の口調からも表情からも、自信や充足感、そして穏やかできれいな光が放たれているのが印象的だった。「同じ女としてカッコイイな」「歳をとるのも悪くない」、そう思わされる女性たちの生き様に、取材後はいつも力をもらって帰途につくのだった。

そう、女も年齢を重ねれば顔に力量が出る。その人の人生が顔に表れてくる。今年メディアを飾った女性をめぐるさまざまな報道の中で、一つハッとしたものがある。

「力量っていうのかな。誰かを助けるんだという容姿を持っていない。あなたは誰かに助けられる容姿よ。そこを改めてもらいたいの」。とある関西のベテラン女性司会者が、浪花のエリカ様と呼ばれる女性衆議院議員に対して番組中で激怒し、辞職勧告をしたという記事だった。「私は、いまはちょっとお辞めになったほうがいいと思います。また何かを身に付けて、お出になるべきやと思うんですね。それじゃないとちょっと卑怯ですよ。当たり前のように、自分は正しいと思い過ぎています。その高慢ちきが顔に出ています」

その女性司会者ほどの百戦錬磨の闘士はちょっと他に見当たらないだけに、彼女の「誰かを助ける容姿、誰かに助けられる容姿」という言葉は胸に刺さった。あれくらい人間《じんかん》に生きて世にもまれると、顔を見た瞬間に分かるもの、伝わってくるものがそれはあるだろう。私はどうだろう、誰かを助けられる容姿になっているだろうか。確かに骨格もデカイし安定感あるし、背中も広いよ。でも高いところに手が届くとか、家に害虫が出ても結構泰然として退治するとか、そういうことじゃないんだろうなぁ、「誰かを助ける」って。

浪花のエリカ様は、まだ30代に入ったばかり。これからの活動次第でいくらでも人間の顔は変わる。そう、女の顔は変わる。だから若き日の容色の良さはいつか褪せ、さすがに40くらいにもなると、どんな生き方をしてきたか、どんな考えを持ち、どんな1日24時間×365日を積み上げてきたかが、全部如実に顔に出るのだ。きゃあ怖いわ、ストレスで歯ぎしりしてほうれい線や眉間のシワを深く刻んでる場合ではないわ……。

そういえば私のプロフィール写真は「看板に偽りあり」。本連載で使っているものは撮影からそろそろ4年経つし、他のメディアで使っているものなどは、なんと8年も前のものまである。そろそろちゃんと自分の現状を正直に映したプロフィール写真を準備しなきゃいけないなあ。皆さまもぜひ、このお休みにご自分の顔をじっくり鏡でご覧になって旧年を振り返り、そしてよい新年をお迎えください。

2015・12・29

一億総活躍時代に「需要がある女」とは？

需要がある女、なんて言うと「胸が」とか「脚が」とか、「平均よりちょっと上の顔面偏差値55くらいが」とか「やっぱり癒やし感が」とかの話になりがちだが、そういう話ではない。断じてない。

一億総活躍時代……というよりはむしろ、「一億総〝輝け〟！」とホタルイカ並みにピカピカすることを女性が要請されているこの現代、人材として需要がある女性は、〝とあること〟ができる女なのである。

私の最近のプレイリストから外せない曲に、キュウソネコカミという若い（私に比べて、の話）男子バンドの『かわいいだけ』という隠れた名曲がある。なんでもかんでも「かわいい〜」「うん、かわいいよね〜」「超かわいい〜」とうなずき合うだけで、全く議論の進展や付加価値を生まないスカスカの会話をお洒落カフェで繰り広げる一方で、お金のある男や有名人の男にちやほやされ、他人の金で遊ぶのをよしとして男を渡り歩く、

20代の外見の整った女子たち。

　そんな過去も現在も未来も永遠に存在するであろう、ある意味で伝統的なタイプの女子たちを相手に「かわいいは作れるけど、それ以外きみは作れない」「三十路過ぎたら需要なんてないぞ」とバッサリ斬りながらも、そういう外見《そとみ》のいい女子に結局は外見だけで惹かれてしまう自分たち男子のサガを嘆いた曲だ。20代と言わずすべての〝自称女子〞必聴、その後反省文を1200字で提出すべし、と心の涙を流しながら電車内で聴いている。

　さて、私はこう見えてなかなかの乙女体質（多難な社会適応の結果である）なので、スイッチを一旦オフにすると、そういうスカスカの会話を続けることが意外と苦じゃなかったりする。もはや「かわいい」という言語的記号を繰り返すだけで一見何も新しいものを創出していないようだが、不可視レベルではその場の空気とキブンを共有する一体感が生まれ、共感がお互いの存在承認を生むという高度なコミュニケーション習慣。

　先日、犬には人間が見ることのできない磁場が見えているのではないかという海外研究が少し話題になっていたが、私は女子も多かれ少なかれ、男には見えない磁場が見えているのではないかと思っている。分かっているようで分かっていない、そう見えて分かっている……このフワフワと捉えどころがなく総論ＯＫ（実は各論ではいろいろあって、みんな根に持っているようだが）で進んで行く人間関係を思うと、女性は確かに感覚的なコミュニケーションを得意とする生き物だと言える。

　ところが、年代問わず男性社会型キャリアライフでの戦闘歴が長いタイプの女性と話をすると、時折おやっと思う共通点がある。素で男子生徒と間違われる少女時代を歩んだゴツい私から見れば折れそうなほど華奢で小さくて可憐な女性なのに、「私、中身は男なので」「オヤジですから」と言う。誰も聞いていないのにわざわざ教えてくれるあたり、〝言う〟より〝言い張る〟、結界を張る行為に近いものが感じられ、それは女性的な極に近い座標から始まった男性社会への適応の結果なのだろうと思わされるのだ。たくましい元・演劇部男役の私が（不本意ながら）男性側に寄った座標から社会適応して、自分を「中身は乙女だ」「繊細なんだ」と言い張るのと同根なのではないかと推察し、彼女たちの道のりの苦労に思いを馳せるのである。

「中身はオヤジですから」とはつまり「女だと思ってなめんなよ、一人前の職業人としてちゃんと尊重しろよ」という意味であり、逆に「中身は乙女だ」にはつまり「頑丈そうに見えますが、あまり粗雑に扱うと意外ともろいこともあるので、ほんの少しだけ丁寧に扱っていただけると大変助かります」という言外の意味が隠されている。つまり、自分が本来位置しているポジションから導かれがちな一般判断への否定を言外に示唆しているのだ。

本来は可憐なキャリア女性たちが自分を「オヤジですから」と言う背景には、それぞれに個人的な戦史、蓄積がある。男性社会適応の結果であると言った通り、彼女たちは自分を女性側から男性側に寄せて頑張ってきた。女性側の価値観や視点から、男性社会を観察し理解してきたことで、彼女たちは女性が男性と同じ空間で共存するための話法、文法を自覚的に身につけているのだ。

例えば自分の感じているふわっとした「共感」「感情」などの感覚を言語化し、場合によっては説得力を与えるために数値化する。相手の思考のクセに合わせて、男性が好むスポーツや戦国武将や幕末に例えて話を進め、女性的な「共感」でなく男性的な「理解」を引き出す。男性同僚や上司、部下へ意思を明瞭に伝達し、指示を間違いなく伝える訓練を日々繰り返していると、論理的に思考して話すことが苦でなくなり、当然となる。その男女のブリッジ的な役割をこなせる自覚と自負が、「(外見は女ですけど中身は)オヤジですから」と表現されているのだろう。

「一億総〝輝け〟時代」の到来と社会的な多様性の受容が進むことで、同じ職場という空間に、男女や異なる年代、異なる国籍や言語、異なる価値観を持つもの同士が共存する環境が普通となる（これまでそうでなかったことの異常性は、今回はさておく）。語学的な通訳だけでなく、自分の持つ話法や作法を相手のそれと客観的に比較して研究し、戦略的に相手側へ寄せて伝える〝通訳業〟のできる女性は、職場だけでなく地域でも家庭でも需要が途切れることがないだろう。

男も女も老いも若きも、これからは「かわいいだけ」や「仕事ができるだけ」では、「それだけ？　そのリソースが尽きたら、ハイサヨウナラ」と言われてしまう時代がくる。さまざまな人たちが共存する世界において、立場の違う相手との通訳ができる人材は、「共感」や「理解」を取り付けながら、無限増殖するそれをリソースとして成長し、泳いでいくのだろう。

２０１６・３・１

Ｂｌｅｎｄｙの「揺れる胸」炎上ＣＭは何が悪かったのか？

クレオパトラの鼻があと少し低かったら歴史が変わったなどと言うのなら、そりゃ私だってあと少し、いや少しと言わずにもっと、豊かな胸を持っていたら私の歴史が変わったかもしれない。……そう思う女性が多いから、世界中で何十万件、何百万件と豊胸手術が行われているわけである。

例えばハリウッド映画に出てくる女優たちやアメリカのヒットチャートを賑わすアイドル歌手たちの巨大な胸のほとんどが本物ではないということは、およそ大人なら皆が知っていることだ。でも、それを見た子どもたちは、あれがおっぱいだ、あるべき姿なのだ、そうでなければセクシーではないのだと刷り込まれて育つ。かくして女子は胸の大きさがコンプレックスになり、男子ならガールフレンドのリアルな胸にがっかりすることとなる。

実際不思議なことに、豊胸手術や詰め物をせず、本来の姿を貫くハリウッド女優がパーティーでイブニングドレス姿を披露すると、我々はどこかもの足りなく感じるというか、「なんか素人っぽい」と思ってしまうことがある。メディアのエロティシズム観、女性観の刷り込みとはかくも恐ろしい。「画面に堪え得る胸」とは豊満であるべきで、ショービジネスのプロならそういう特別な胸を持っているはずだ、そう、いつの間にか信じるようになってしまうのだ。

日本の豊胸手術件数が欧米諸国に比べて少ないのは、こうした西洋的なエロティシズム観とは違った流れにあるからで、日本には日本の美意識があるのだ……そう思いたいところだが、なかなかどうして、日本は日本で問題が根深い。

日本の2次元カルチャーで描かれる「女の子」の姿は、ハリウッドとはまた別の方向性で虚構そのものだ。現実には存在し得ない身体や精神を持った異形の生き物が、甲高い声で笑ったり泣いたり。リアルにあんな女の子がいたとしたら、どう見ても情緒不安定である。

その2次元に描かれたキャラクターたちと生身の体を持つ3次元のアイドルたちが、

メディアミックスという形で双方向に影響を与えた結果、最近では3次元のアイドルは極めて2次元的な特徴を持ち、それを見た子どもたちがまた「あれが可愛いということだ、人に愛される姿だ」と信じて育っている。20代後半になっても、欧米の感覚では小学生か中学生にあたるような幼い姿形を維持するのが「若い、可愛い」ともてはやされる。それが現代日本のエロティシズム観、美意識だというのなら、この国の「若い女性」のあり方と扱われ方は相当病んでいる。

だからなのだろう、先日、AGF（味の素ゼネラルフーヅ）が販売する飲料「Ｂｌｅｎｄｙ」のネット限定CM（挽きたてカフェオレ「旅立ち」篇）が、放映終了後9カ月も経過しているにもかかわらず、ネットで突然炎上した。このCMが２０１５年9月にアジアの代表的な広告祭であるスパイクスアジアで入賞したため、それを見た外国人ライターが「気持ちが悪い。理解に苦しむ」とツイートしたのがきっかけだ。このCMは3月のアドフェスト（アジア太平洋国際広告祭）でも入賞しており、CM技術の完成度や世界観には評価の声が高い。

このCMに描かれているのは、牛が擬人化された高校生たちの「卒牛式」だ。高校生たちはみな、鼻輪を付けている。あるものは動物園に、あるものは闘牛場へ、または食肉会社へと、人生の明暗をくっきりと分ける「進路」の宣告を校長先生から順番に受けていく。

主人公たる女子高生・ウシ子は、これまで「あなたは〝特別なもの〟を持っているのだから、〝胸を張って〟」と母親にも応援され、華奢な体に〝栄養〟をつけ、〝大きな胸を揺らして〟走り、夢の進路へ向けて努力を重ねてきた。とうとう卒業式の壇上で、校長先生から進路として念願の飲料ブランド（Ｂｌｅｎｄｙ）を告げられ、「濃い牛乳を出し続けるんだよ」との言葉に、感激で打ち震えるのだ。そこに差し込まれる画面は「〝特濃牛乳〟１００％使用のボトルコーヒー新発売」という、他愛のないショートムービーである。

このＣＭに対してネットでは、「悪趣味極まる」「牛の『進路』とはブラックだ」「女性を侮辱している」「性的な表現が気持ち悪い」「モヤモヤする」とさまざまな声が上がったが、なぜこのＣＭが欧米（というかアングロサクソン）の感覚ではアウトなのか、日本人ですぐに理解できる人は少ないようだ。

まずは女性を牛で擬人化するというのが、非常に、猛烈にまずい。即刻アウトだ。牛は「胸ばかり大きくて低脳な女」を示す隠語でもあり、それを胸の大きな可愛い女の子に擬人化したなんて、丸ごと女性への侮辱なのである。そして女の子の胸の揺れを強調する表現は、一般的な映像やゲームを制作しようとする現場では、性的な表現の代表として禁忌に近い。日本ではほとんど問題にならないが、欧米でこれをやったら、作品の年齢制限を引き上げてしまう。

極めつきは最後に校長先生が言う「濃い牛乳を出し続けるんだよ」。いかに擬人化した設定とは言え、もはや成人マンガ並みの下品さである。そんな言葉を、本来権威ある、しかも年配の大人が、若く社会経験の乏しい女子学生に対して微笑みながら発するなんて、社会的立場を利用した極めてタチの悪いセクハラと受け取られても言い訳できないのだ。

地方創生に萌えキャラが登場するなど、日本における表現は欧米人から見てぎりぎりアウトなものも多い。「日本人は〝エロ耐性〟がある」と微笑ましい誤解もあるようだが、これはただ、日本が男女みんなでお互いに「幼く無知で素直で成熟していないことには価値がある」と、ガラパゴス的な価値観を醸成発酵させてきた帰結だ。

言語的な障壁のおかげで、厳しい批評に晒されてこなかった日本の文化。国際的な注目をきっかけにそのおかしな部分が批評され、日本人の「常識」などはローカルルールに過ぎないことを認識し、発言や表現が修正されていくのは悪いことではない。それが本当の意味で国際感覚を身につけるということなのだから。

2015・10・13

東村アキコ『ヒモザイル』は何がアウトだったのか

最近、講談社の漫画誌『月刊モーニング・ツー』で開始したばかりの新連載『ヒモザイル』という漫画作品が、ＳＮＳでの炎上をきっかけとして休載に追い込まれた事案をご存知だろうか。

そう、ヒモザイルの「ヒモ」とは、女性の収入を当てにして取り入り、自分は働くということをせずに女性の稼ぎで自堕落に暮らす男性を称する「ヒモ」のこと。作者の東村アキコさんが、イケておらず社会性に欠ける自分のアシスタントたちの将来を心配し、彼らや加入希望者を「ヒモザイル」なる軍団へ組織して女性受けのする立派なヒモへと育成。彼氏もいないほど忙しく仕事に邁進する、アラサーのバリキャリ女性とカップリングしようという「実録ヒモ男養成漫画」だったのだが、第２回をもって休載となった。

作者である漫画家、東村アキコさんは、少女漫画雑誌で『きせかえユカちゃん』をスタート以降、『ママはテンパリスト』『主に泣いてます』『海月姫』などドラマ・映画化もされたヒット作を次々と世に送り出す、大人気漫画家である。さらに『東京タラレバ娘』では、アラサー女性を中心に「グサグサ来る」と共感する読者が続出。大きな話題を呼んでいる。ある意味、いま、日本で最もホットな人気マンガ家の1人と言える。

『ヒモザイル』も、連載開始直後から「さすがの東村先生がまた面白いことを始めた」「斬新。現代を感じる」「天才か」「八方にケンカ売ってる感じが良い」「これは楽しみ」と、読者からの期待に満ちた絶賛を受け取っていた。

第一話が公開された当初から、勘の鋭い人は、作品から皮肉な実験精神を読み取り、これが社会学で呼ぶところの「下方婚」実験であることを見抜いていた。2015年の日本において、女性が自分よりも社会的に「劣位」の男性と結婚する下方婚は、果たして「特殊な個人例」でなく、社会的所属グループ間で組織的に成立するのか。講談社モーニング誌面に掲載された、ヒモザイル加入希望者の募集広告はこんな調子である。

ヒモザイル人材急募！

日本のダメ男たちをサルベージして、立派なヒモザイルへと育てあげる。稼ぎが良く結婚していない女性とヒモザイルを愛と絆で結びつけるのを最終目標とする非常に公共性の高い事業です。

★社会に貢献したくてウズウズしている！

★新しいことに挑戦したい！

★ヒモとして成長し、グローバルに活躍したい！

★ぶっちゃけ漫画に出たい！

さあ、あなたのダメ男力で世界を変革してみませんか？

さらに、作品中のセリフもこんな感じだ。

「要するに！

オーナー：家のことは男にまかせて仕事に邁進して毎月しっかりお給料を稼ぐ

ヒモザイル卒業生：働く女性を支えるために精神面・肉体面・家事育児すべてをサポートする代わりに日々の生活費をすべて女性に出してもらう↓バイトから解放された時間を使って自分の夢に向かって家で何かやる」

「金ない仕事ない　モテないダサい　彼女いない　でも夢はある（ここ重要）

そういうクソメンを東村プロに集めて「ヒガザイル」を結成し

世の中にあふれてる　お金はあるけど彼氏がいない働く女子のもとに送り込むための訓練をほどこし　「ヒモザイル」に育てあげる!!」

「そういえばオレ就活ん時「ヒモになれたら就職なんてしなくていいのに」って毎日思ってました」

「だろ？　今の時代ヒモってのは別に悪いことでも何でもない

働く女性が増えた今　社会学的にも今の日本のシステムにきっちりハマるはずだ!!」

清濁合わせのむことのできる大人なら、この言葉選びの端々ににじむ、作者や編集者の皮肉なユーモア、そして意欲的な制作姿勢にニヤリとするのではないだろうか。しかし世間の受け取り方は当然さまざまで、特に現代の表現活動ではセンシティブとされるジェンダー問題を扱っていることからSNSで炎上し、東村さんから編集部へ「しばらく時間をかけて内容を吟味し、発表できるかたちになってから再開したい」との申し出があり、休載が決定したという。「本作は実際の出来事を元に描いていこうと考えていたので、皆様からの反響に向き合わずに創作を続けることはできないと判断しました」と東村さんはツイートしている。

ヒモザイルのどこがアウトだったのか？　SNS上では「盛大な『余計なお世話』だ」

「人権配慮がされていない」「作品中で馬鹿にされた（ダメ出しされた）アシスタント男性がもし自分の肉親だとしたら、その肉親が公然と上司によって一挙手一投足を馬鹿にされるのを気持ちよく見ることはできない」などの指摘があった。

批判のほとんどは、東村さんの視線を「傲慢」「上から目線」「人を馬鹿にしている」とする反感だった。……でも、そうだろうか？　それだけの漫画だろうか？　そこはギャグ漫画、エンタメとしてあえての演出であることは、当のアシスタントだって制作の裏方側にいるのだから、十分に含んだ上での「出演」のはずである。

論点は非常に面白かったし、そこを評価して連載を楽しみにし、応援していた人たちも多かった。休載決定の知らせに、むしろ「せっかく面白いことが始まると思っていたのに……」と落胆した数多の人々がいたのは、アイデアへの共感や期待、評価がどれほど大きかったかの裏返しでもある。

この「下方婚実験」は、鳴り物入りで「女性活躍推進」の大号令がかけられる現代日本だからこそ、行われるべきものだったからだ。作品中でセレブなママ友が「社会性や清潔感に欠け、偏った夢を追いかけるワープア」であるアシスタントたちの姿を目にして「うちの子（息子）が（将来）あんなふうになったらどうしよう……」と口にする容赦ない真実味。稼げるアラサー女子会で、女性たちが結婚なんてと言いながら「家事・育児ができる夫なら結婚してもいい」と言い放つことの意味など、女性の傲慢な物言いをあえてクローズアップするそこには、何かの力学の逆転が起きつつある現代日本社会の一部が切り取られている。

批判の中には「主夫をヒモ呼ばわりするジェンダー観が古すぎ。専業主婦を寄生虫って言うのと同じじゃん」という指摘もあったようだ。もちろん、ヒモという露骨な言葉はあえて読者の心をざらつかせ、作品を記憶に残すために、その言葉のインパクトから戦略的に使われていると私は推測するけれど、これこそ、まさに作者がいまの時代の人々に気づかせたかったジェンダー観ではなかろうか。そう、「主夫をヒモと呼ぶのは専業主婦を寄生虫と呼ぶのと同じ」レベルの粗野なのだ。その無神経さをあらわにすることで煽られる、誰かの（あるいは自分の）感情をのぞき込むと、見えてくるものがある。

女子ＳＰＡ！の記事（参考／２０１５年10月28日付「東村アキコ『ヒモザイル』休載に見る〝炎上気にしすぎ〟時代」）で、少女漫画コンシェルジュの和久井香菜子さんはこう語る。「少女マンガには（略）男性に教育されて女性が磨かれていくという話は、ごまんとあります。それを男女逆転させて、『女に好かれる男になれ』とやった『ヒモザイル』は、男性のプライドを傷つけたのかも」、と。

「教育されて磨かれる」シチュエーションは、性別が逆であれば、過去の時代には連綿と、それこそ少女漫画にでもおとぎ話にでもいくらでもあった。そのゴールの多くは「世間的に幸せな結婚」であり、これはよく考えると夫の収入を当てにした「永久就職」だったわけだ。これはまさに、女性からすると自分よりも社会的所属が上の男性を上手に射止める「玉の輿」、つまり（女性から見て）〝上方婚〟がこれまでの物語として求められていたということ。女性から見て上方婚、逆に男性から見ると下方婚が、社会的に「是」だったということである。

さて、女性にとって選択肢の増えた現代、女性の〝下方婚〟は特定の条件下において社会的是となるか？　デフォルト化できるか？　『ヒモザイル』とは、まさにその社会実験だったのだ。

あの作品が突きつけたのは「ダイバーシティの行き先って、つまりこうですよね」ということ。現代社会ではグローバルに欠かせない、高尚で高邁な概念として扱われる「みんなの大好きなダイバーシティ」が、高尚でも高邁でもない精神で実際に巷に普及していったらどうなるか。そのさまを描こうとする漫画だった。そして普及とは、言い換えれば卑近化すること、下世話になることでもある。

稼ぐ男性が仕事に邁進するために専業主婦が家事育児を引き受ける構図があったように、稼ぐ女性が仕事に邁進するために専業主夫が家事育児を引き受ける構図がある。まだまだ数が少ないために、専業主夫はメディアでは特別な美談として扱われがちだが、人間はいろいろで当たり前。美談じゃない専業主夫が大っぴらに出てきて初めて、本当にその構図が普及した、広まったと言える。

多様性のある社会では、さまざまなニーズや価値観、人生が尊重される。家庭を持たずにプロフェッショナルとして活躍する女性や男性の生き方が尊重されるように、専業主婦／主夫も選択肢の一つとして当然尊重されるべきで、どちらかを否定して他方を推進しようとするような二項対立的な方法論は、いい加減に陳腐化している。

また、アラサー女性が「家事・育児ができる夫なら結婚してもいい」と言い放つことの意味も重要だ。仕事がデキる人の多くが、仕事へのコミットメントが真剣になればなるほど、仕事量が増え、拘束時間が長くなり、男であろうが女であろうが家庭に割ける時間は当然減る。

ワーキングマザーの間では、ワークライフバランスの天秤の重さに耐えかねて「私にも専業主婦がいればいいのに」「嫁が欲しい」と自嘲的に皮肉を言うのはよく見かける光景である。「優れている」ことと「稼ぐ」こと、そして「職場に拘束される」ことが同義にならざるを得ないような就労スタイルが一般的な現代日本社会では、男も女も誰もが自分のために家事育児をしてくれる「専業主フ」の役割を他の誰かに求めるという、社会挙げての盛大な皮肉が待ち受けている。ワークライフバランスの議論で就労スタイルの見直しが叫ばれる理由だ。

本当に「多様性のある社会」の下には、どんなモーレツ「社畜」も、テキトーな従業員も、主夫も主婦も、それぞれが選択した道であれば尊重され、幸せであっていい。そういう、お互いの尊重と合意が前提となった社会学的実験の行く末を、私は見たかった。単に皮肉で面白おかしければいいというのではない、きちんと計算された含意表現が笑いとともにビシバシと弾ける、東村アキコさんならではの『ヒモザイル』がいつか再開するのを、ファンとして首を長くして待っている。

2015・11・10

中学入試、ある超難関男子校の国語問題に涙した理由

「今冬に終了した中学入試の国語における傾向ですが、物語文では特に、子どもたちとはまるっきりかけ離れた立場にある登場人物の心情を答えさせる問題が目立ちました」

〝中学入試問題分析会〟と題された塾の説明会で、壇上の国語科担当者が話し始めると、聴衆はしんとして聞き入った。

「某・超難関男子校では、昭和30年代の20代女性の恋愛感情や嫉妬、さらに主人公の姉である31歳女性の人生について考えさせる問題を出題しました。思春期前の現代の12歳男子たちにとっては、これは超難問です」。保護者たちのさざ波のような笑いに交じって、男子を持つのであろう一部の母たちの「そんなの、うちの子には無理……」のヒソヒソ声が聞こえてくる。

さすがだなぁ……。私は1人深い感慨に包まれ、その大ホールを埋めるどのお客さんにもおそらく負けないほど、シビれまくっていた。私は大学受験予備校や中学受験塾で国語講師（英語や小論文も）だったことがあって、こと国語の問題文に対してはオタクマインドがムズムズする。

受験では、入試問題はその学校から受験生へ宛てた手紙だと言われる。このような問題に取り組み、答えを出そうとしてくれる子に来てほしいと伝える、手紙なのだと。だからそういった素材文を選び、あえての傍線引きをし、作問するその学校の先生たちには、「この人物がどれほどキミ自身とかけ離れ、身近に似たような人物がいなくとも、この人物のここでの心情を、他でもないキミが背景と文脈と細部から読み取って、表現しなさい。そういうことのできる子に入学してほしいんです」という、受験生へ向けた明確な意図があるのだ。

当の主人公の姉とは、仕事を持つ31歳独身女性。しかも現代ではなく、戦後すぐの「31歳」「独身」「女性」だ。まず受験生の少年たちとは性別が違う。時代背景が違うから価値観も違う。当時の女性には社会的に何が期待され、どのような人生を送っていたか、12歳男子たちは持ち得る限りの知識を総動員して想像するしかない。そして31歳は親の世代でもなく、姉や兄でもそこまで年上はめったにいないから、身近な経験から判断する材料がない。だから難しい。書かれている内容から材料を集め、それを根拠として論理的に心情を考察し、編み上げ、答えるしかないのだ。

主人公・とも子は、戦中の小学生時代から隣人の帰国子女の男の子〝順ちゃん〟へ「理想の男性」と思いを寄せていたのだが、戦後まもなく彼は米国へ渡り、9年ぶりに26歳の青年となって帰国した。しかし彼は21歳の自分ではなく31歳の自分の姉に会いに帰ってきたことを察した主人公は、嫉妬の感情にとらわれて逡巡する。

「戦後、父母を亡くした姉妹の生活を細腕一つで支える姉という人物を描くなかで『頭をかっきりひっつめて、黒っぽい服を着て、おねえさんは、31になってしまった』という傍線部の意味を答えなさい」「恋心のあまり病に臥せってしまったとも子の様子に事態を察したおねえさんと順ちゃんが示し合わせ、順ちゃんに優しくされたとも子が口にした『大丈夫よ、あたし、やっとこれで小学（校）は卒業しました』との言葉の意味を答えなさい」。……そんな設問が、当日の入試問題に並んだそうだ。聴衆の保護者からは、悲鳴に近い声が漏れた。

もちろんそういった、受験生の少年少女たちが自分の直接的な経験だけをもってししては答えられないような高度な文脈の読み取りを要求する文学的文章題は、他校でも散見されるものだ。今年の女子校の例では、私の母校が架空の生き物たちの社会を題材とした物語文を出題したという。国語科の先生が壇上から発した「架空の生き物ですからね。（子どもたちからかけ離れすぎて）もはや人間でさえありません」の言葉に、会場は爆笑した。

架空の社会の生き物もかなりの難度だけれど、12歳男子に戦後すぐの20代・30代女性の心理を推測させる問題も相当である。これを女子側に例えるなら、12歳女子に、定年間近の男性サラリーマンが人生の分岐点を前にした感慨や不安を答えなさいと問うようなものだ。

若手や中堅の女性社員が、男性上司に対して「なんなの、どーなってんのアレ？」と陰口を叩き、おそらく同世代の妻でさえ「夫の考えてることなんてこれっぽっちも分からないし、カケラも興味ないわ」と突き放す中、小学校6年生の受験生少女たちは自分たちの主観など超越したところで懸命に文脈と発言内容を読み込み、見つけた材料で「論理的に」彼の「感情」を慮《おもんぱか》る知的訓練を重ねている。

そう、人の気持ちを慮るとは、生まれ持っての性格やセンス次第だと一蹴してはいけない。それは国語力と同じで、訓練であり、経験なのだ。そして、大方の諦めに近い認識とは異なり、感情は言語化し、論理化できる。

何を言いたいかというと、「男だとか女だとか、社会的所属がどうだとか、文化や人種がどうだとかで、単純化してラベル貼って切り捨てて、他者理解を諦めて放り投げちゃイカンよ」ということだ。人間である限り、私たちには時代や性別や文化を超越した普遍的な心の動きがあり、人類はそれをお互いに伝えるツールとしての方法論をいくつも発明してきたのだから。

「自分とは境遇や背景の異なる他者を理解すること、それが教養だ」と、ある著名な老学者は言った。大人だって（少なくとも私は）他人の気持ちが分からなくてしくじることばかりだというのに、そんなキョーレツに高度な「他者理解」の問題が小学6年生に対して出題されるということ、そして12歳の少年少女たちがその問題に果敢に取り組み、制限時間の中で想像し得る限りのすべてを絞り出して答えたということに、私は「いやぁ〜、この話を聞くだけでも、今朝原稿を急いで書き上げてここに来た甲斐あったわ〜」とシビれまくり、なんならもう、半分くらい泣いていた。

そんな話が忘れられなくて、その男子校で出題された素材文を、自分でも買って読んでみた。

生涯独身を貫き101歳で逝去した、日本を代表する児童文学作家・石井桃子さんの『春のあらし』という文だ（河出書房新社『石井桃子創作集・においのカゴ』所収）。オンライン書店をのぞくとごく控えめな数のカスタマーレビューがあり、その一つは、どうやら今年の中学受験を終えた男子のお父さんによるものだった。「息子が格闘した問題だと知って、読んでみました」の一文を目にした途端、「その通り、少年たちでさえこんな高度な問題と対峙して格闘したんだ……大人のアタシも頑張ろう」と涙がぶしゅーーと噴き出たのは、歳のせいだなぁ、まったく。

2016・3・15

日本が失った、悲痛なまでの切迫感

その日、銀座のホテルのロビーで再会したジェーンは、4年の月日を感じさせないあの頃のままの親しみやすい笑顔と達者な英語で「あなたの大好きな韓国海苔、持ってきたわよ！」と、無数の海苔パックが詰まった巨大な紙袋を持ち上げてみせた。そう、彼女は覚えていてくれたのだ。私たちが共にスイスの街で駐在家族として暮らし、インターナショナルスクールでお互いの娘が同じクラスになったのをきっかけに知り合って以来、子どもの教育の悩みやヨーロッパのど真ん中で暮らすアジア人としての悩み、キャリアを積む夫に帯同して海外を転々とするものの自分のキャリアはどうするかといった話をしみじみとする中で、私が酔っ払いながら「韓国海苔と日本の某ビールの類いまれな相性の良さ」について、長々と持論を述べたのを。

日韓政府が共同開催する会議のために東京出張するエリート官僚の夫と共に2人っきりで東京観光に来たと言うジェーンは、「このあいだ上の娘の受験が終わったの。そうしたらなんだか燃え尽きちゃって」とため息をついた。

　彼女の娘と私の娘はインターナショナルスクールでは同学年だったが、それぞれの本国に戻ると学年は一つ違い。私の娘は昨年大学受験を終了して無事に入学し、私はすっかり手も離れた気分で受験など過去の話題になってしまっていたが、ジェーンの娘は今年高校3年生で大学受験の真っただ中にあった。日本以上の学歴社会であり、苛烈さで有名な韓国の大学受験。ジェーンは「韓国人ママ」らしく彼女らしい生真面目さで子どもの受験につきっきりの生活を送っているのだとは、毎年のクリスマスカードやメールのやり取りで聞いていた。

「じゃあ、子どもたちはソウルにおいてきたの？」と尋ねると、「そうよぉ。大学統一試験まで、私もずっと上の娘につきっきりだったから、ちょっと離れて子どもにも一息つかせてあげないといけないかなって。志望大学レベルにはかなり遠い結果で一浪決定しちゃって、私たち両親も彼女自身もショックが大きくて……この10日間は親子喧嘩ばかりしてたわ」

　先日、日本でもセンター試験が行われたけれど、必ずしも「センター試験での不振＝即、浪人確定」とはならないのが、いまの日本の大学入試制度だ。センター試験の結果は、国公立や一部私立のセンター利用入試を左右することはあっても、例えば国公立入試なら2次試験での挽回は十分に考えられる(大学によるが)。また私大は学部別に独自の試験を課している以上、難関大への門戸はセンター試験以外にも開かれている。

だがジェーンの説明によると、韓国の大学統一試験(「大学修学能力試験」というそうだ)は、国内のほぼすべての大学の入試採点の6割分に充てられるため、大学修学能力試験での失敗はそのまま大学入試失敗に繋がるのだという。

彼女の家庭は韓国の中でもエリート家庭であるため、もちろん望むはソウル大、あるいはそれを頂点としたピラミッドの最上層に位置する大学のどこかだ。それを念頭に置き、彼女の娘は夜10時まで学校で勉強し、それでも足りずに塾に通うような必死の努力を重ねてきた。

でも、ジェーンの家庭はもともと韓国人経済学者として著名な夫について米国で長年暮らし、さらに欧州でも暮らしたような、国際的な背景を持っている。彼女の娘たちはそれこそ「帰国子女」として優遇されるだろうに、と思った私はそう尋ねた。「日本では帰国子女に特別に配慮された入試があるよ」と説明すると、「それは韓国とは違う。帰国子女であることは、国内の入試では不利になることはあっても有利になることはないわ」

彼女はそう断言して、コーヒーに目を落とした。英語は当然できる。でも、入試問題になるような英語は生きた英語とは別物で、結局それだけを忠実に学んできたドメスティックな生徒が最も有利になる。国語を筆頭に、その他の科目においても、長年ドメスティックな教育を受けて知識を詰め込み、受験テクニックを磨いてきた子どものほうが、結局ははるかに有利なのだとジェーンは説明してくれた。

「いっそ米国のアイビーリーグあたりを狙っても、あなたの娘ならすんなり行けるんじゃない？」。スイスの国際機関に派遣された親を持つ、世界中からやってきたエリート家庭の子どもたちがひしめいていたインター時代、長い米国赴任生活仕込みの英語を操る彼女の子どもたちは、本当によくできた。でもジェーンは浮かない顔で首を横に振る。「たとえアイビーに受かっても、学部4年に加えて大学院までの滞在生活費を出すような余裕はないわ。それに」。ジェーンは昔からの癖で紙ナプキンをきちょうめんに折り畳むと顔を上げた。「大学から海外に留学してしまうのは、韓国でのキャリアパスとしては本流ではないのよ。韓国内のどこの大学を卒業したか、それで将来が決まるの」

少し前の日本の受験社会を彷彿とさせるようでもあり、いまも日本社会に沈殿するクラシックな学歴社会の名残を思い起こさせるようでもあり、しかしそれだけ子どもの将来を決定してしまう試験が1年に1回限りしかないという入試システムが社会に与えるストレスたるや、大変なものだろうにと思った私はこう聞いた。

「ラットレース社会と揶揄された日本でさえも、いまは難関大学に入るルートは複数用意されているし、米国のように高校時代の活動や本人の秀でた能力を評価する推薦入試もかなり普及してるよ。受験時期もまちまちだし。その日しか試験日がないなんて、そんな巨大なストレスは逆にパフォーマンスを損なわないかな？」

「その日しかないからこそ、平等なのよ」。ジェーンは答えた。「女子だったら、その日に生理が来ないように、母親たちは事前に産婦人科でピルを処方してもらって娘の生理日を調整するの。リスニング試験の邪魔をしないように、試験日の飛行機の航行や屋外のイベントは規制されるし、交通整理もあるわ。国中がその日に向けて最上のコンディションを準備するのよ。だから、みんな平等の条件下で戦えるわけ」

そうか、韓国では受験する子どもたちは〝オリンピック選手〟なのだなぁ……と、ぼんやり思った。かつて、そういう時代が日本にもあった。「日本人や韓国人や中国人の子どもはすごく勉強する」イメージは、いまだに海外で根強い。でも、スイスと英国で子どもたちを学校に通わせていた時、私は日本はその東アジアの「優秀」グループから離脱しつつあるという感想を持っていた。

まず、中韓のエリートは親も子も海外経験が長いのが大前提だ。そして中韓の子どもは、(日本人の子どもよりもはるかに)数学を先取りしていて、悔しいくらいよくできた。しかも(日本人よりはるかに)きれいな英語を、(日本人とは比べるべくもなく)臆せずに喋るのだ。そうそう、インドをアジアと呼ぶとびっくりする人もいるようだけれど、欧州では日中韓などの東アジアを「オリエンタル」、その他を「アジア」とざっくり認識している人が多い。中東やメキシカン料理がアジアにカテゴライズされていることもある。欧州はアジアからそれくらい精神的にも地理的にも遠い証左だと理解していたけれど。

いま欧州では、インド人はアジアで1、2位を争う優秀な国民だと認識されている。なんといっても数学での優秀さは人智を超えた、哲学的な領域である。しかも、当たり前のレベルで英語も喋ってくれる。

旧来のシステムに戻ろうなんて言う気はさらさらないが、いまの日本の教育における「悲痛な切迫感の欠落」は、悲痛な切迫感を過去に経験し、すでに繁栄して評価を手に入れトップスピードから速度を落とした国ゆえの移行であり、余裕であり、弛緩であり、下降なのだろう。人も国も、上手に枯れるのは切ないほど難しくて、そこには自律的な意識や教養や美学が必要になってくると思っている。コミュニティが華麗なる加齢を重ねるには、新陳代謝が落ちてきてもなお新鮮で力のある細胞が生まれ続けることが大切なのだろう。

少子化であっても、生まれてくる新世代をいかによく育て、いかにこれまでとは方向性の違う生産性を身に付けるか。落ち込むジェーンを励まし、「来年、あなたの娘の再受験が終わったら、今度は私が初ソウルに行くから美味しいもの教えてね」と再会を約束して手を振った。見回すと、師走の銀座の夜はあっけらかんと明るくて安全で、飲食店の軒先から漏れる音や匂いからは豊かさだけが立ちのぼる。でも溢れる人混みのそここから聞こえる外国語に、日本が過去の方法論や価値観を脱ぎ捨てることの息吹をほのかに感じた。

2016・1・26

「母としての経験」が首相選の行方を決めるイギリス

Ｂｒｅｘｉｔ（ブレグジット）、すなわち英国のＥＵ離脱は、歴史や地政学上だけでなく、あの国らしい移民・階級問題に加えて女性活躍の領域をも揺るがす、途方もないエネルギー爆発の震源となった。キャメロン政権がパンドラの箱を開けてしまったにせよ、ブリタンニアの竜を起こしてしまったにせよ、世界はこの歴史的〝事変〟を前に息をのみ、英国の動きを注視している。

あまりの影響の大きさに、「英国のリーダーシップに長く空白期間を置くべきではない」として、当初予定の9月9日に約2カ月先んじて、テリーザ・メイ内相が次期首相に就任することが決定した。故・サッチャー元首相以来、英国史上2人目の女性首相誕生である。その経緯は、まるでジェットコースターのようだった。

現地6月23日のレファレンダム（国民投票）で離脱派が勝利し、残留派のキャメロン首相が引責辞任を発表。しかしキャメロン後任を選出する保守党党首選からは、順当と目されていた離脱派のボリス・ジョンソン前ロンドン市長（現・下院議員）が不出馬を表明し、全世界を驚かせた。盟友ボリスを裏切る形で離脱派のマイケル・ゴーブ司法相が党首選に出馬表明していたのが一因とされるが、そのゴーブは世間の十分な支持が取り付けられず、党首選はテリーザ・メイ内相とアンドレア・レッドソム・エネルギー担当閣外相の女性候補2人による一騎打ちとなり、これまた世界を驚かせた。

ところがメイ最有力の流れのまま、レッドソムが自身のキャンペーン上で失言を重ねてしまう。批判を浴びたレッドソムは最終的に「優秀で十分に支持を得た首相がすみやかに選出されることが国益にかなうと考えた」として党首選から撤退するのだが、その批判対象となったのは英タイムズ紙での「子どものいないテリーザ・メイ内相より母親の自分のほうが首相に適任」との発言だった。

英BBCが、街頭で「子どもがいると、より優れた首相になる？」とインタビューを行ったが、その回答が本当に、非常に、興味深い。

「リーダーに求められる資質とは、他者への共感力やチームとして働けるかどうか。親であるかどうかは、首相になる要件ではない」

「親であることが決定的に大事だとは思わない。けれど、家族を持っていることで家庭生活の何たるかや、子どもを育てるのに必要なこと、お金の問題も理解する一助にはなるだろう」

「(レッドソムは、自分には子どもがあるから、子どもを持たないメイよりもこの国の将来をよりシリアスに考えていると示唆したが) この国の誰もが国家の未来に対して利害関係を持っているのだから、自分が母だからより国家の未来に真剣であると主張するのには賛成しない」

「子どもを持つかどうかはその女性の選択であって、優れたリーダーになるかどうかの判断基準とするのは間違っている。子どものいない女性への差別」

「育児や介護に関わる仕事なら、親であることを売りにできるかもしれないけれど、その他の仕事へと一般化することはできないと思う」

「親であることを選挙のキャンペーンに使うことは構わないが、いざ首相になってからの仕事すべてに影響があるわけではない」

まさにいま幼い子どもを抱えてインタビューに答える女性までもが「親であることは

首相としての資質には関係がない」と屈託なく話し、若い女性が「母親のほうが良いリーダーになるというのは子を持たない女性への差別」と言い切り、また男性市民も女性候補者（当時）のレッドソムやメイに決して遠慮するでも手加減するでもなく、「親だから政治に対して真剣だと言うのには同意できない」と異を唱える。

さらに、批判を受けたレッドソムが「あのタイムズ紙のおぞましい記事は私の発言と異なる」と弁明したため、担当女性記者レイチェル・シルベスター氏が真っ向から反論した。

「(レッドソム氏に）自分とテリーザ・メイの違いは何かと聞くと、テリーザ・メイには子どもがいないと答えた。違いは『経済手腕と家族』だと。明らかに自分の長所だと思っている様子だった」「そういう比較をしておきながら問題視されないと思ったのは、ナイーブだ」。政治家としての資質の議論に、子育ての経験の有無を持ち込むのはプロとしてナイーブである、と斬った。

私はこの2本のBBCのインタビュー動画にのけぞった。ここには、いかに英国の女性職業人を巡る意識が、日本のそれより遥か何周も先を走っているかが示されていた。

いまこの現在の日本に、日本の国益を代表する女性首相など生まれない。もしやそんな機運が奇跡的に起こったとしても、そんなレベルにいる女性政治家は数えるほどしか存在しないから、〝女性同士で首相の座を巡って一騎打ち〟などという事態が起こるわけもない。

ましてや、「母親政治家」が「子を持たない女性政治家」に向かって「自分のほうが政治家として資質が高い」などと発言する場面が生じることもない。なぜか。

地方か中央政界かにもよるけれど、まず日本の政界は、政治のプロではない元芸能人や女子アナやキャンギャルやグラビアアイドル出身などの、人前に出るキャリアですでに顔を知られたタレント女性政治家ばかりが不思議と担ぎ上げられる場所だからだ。そして母親になってなお政治活動を続ける、続けられる女性がなかなか出現しないからだ。

さらに数少ない、政治のプロとして育った女性政治家が結婚出産後も必死で政治活動を続けていても、中央へ近づいて何かに指一本かかった瞬間、どこからか飛んでくる下衆なスキャンダル記事で撃ち落とされるからだ。

そして何より、「母親であること」が職業人として有利であるだなんて、社会もましてや母親たち本人も思って（思えて）いないからだ。日本では母親であることは〝真っ当なキャリア〟の足かせでこそあれ、まさかアドバンテージだとは見なされることなく、ここまで来た。基本的に子育てに専念する期間は、キャリア上のブランク（＝無）であると評価されてきた。

「子育て経験はアドバンテージになる」という発言がたまにあっても、「保育や介護や接客業くらいなら認めてやってもいいが、本音では復帰に必死な母親たちの悔し紛れだろう」と微妙な気遣いを受けてきた。だから〝ママなのに〟活躍している女性は、遠慮がちな社交辞令的賞賛の対象でこそあれ、真っ向から批判などされるわけがなかった。〝お客さん〟だからだ。ガツガツと真剣にポストを狙い、人生を賭け他人を蹴落とし目を光らせている層にとっては、シリアスなライバルになり得ないからだ。

社会的に活躍する女性の絶対数が少ない社会では、ポストを巡る女性同士の衝突も起きない。ましてそこで女同士で子育て経験の有無を焦点にして揉めるような日が日本にやってくるのはいつだろう、5年後か、10年後か。

子育て経験を売りにした女性政治家が批判される英国と、子育て経験のある女性政治家が首相の座を巡って女性同士で争うなんて場面自体が想像もつかない日本との、彼岸と此岸の距離をご理解いただけただろうか。

以前スイスと英国に住んでいた時、子どもが通う現地校の〝ママ友〟はほぼ皆、何かしらのワーキングマザーだった。ちょっとびっくりするような桁の年収を稼ぎ出す、高度専門職や多国籍企業のエグゼクティブや国際機関幹部の〝ママ〟がうようよいた。

スイスのインターナショナルスクールで、息子の幼稚園のおばあちゃん先生に聞かれたものだ。「あなたはここでは仕事はしないの?」。彼女はハーバードの大学院を出て教育学修士を持ちながら、アメリカ人の夫とともに家族でスイスへ移り住み、幼稚園教師としての職を長らく務めていた。駐在員の夫に帯同してきた妻という立場の私が、ビザの関係で就労が難しいことを英語でどう説明しようかと一瞬考えていると、彼女は「母親業は大切な仕事だと考えているのよね、いずれ復帰するのよね。プロフェッショナルな感覚を失わないうちに戻りたいわよね。でしょう?」と勝手に結論を出していた。

スイスでも、その後移り住んだ英国でも、現地の専業主婦の〝ママ友〟は必ずと言っていいほど同じフレーズを口にするのだった。「母親業は大切な仕事だと思っているから、いまはそれに専念したいの」。むしろ、それを口にしないと専業母でいることが正当化できない、くらいの感じを私は受けていた。

何が言いたいかって、それくらい、お金があろうがなかろうが、母親であろうがなかろうが、女性が仕事をしているのが当たり前の社会だということだ。母親が職業を持っていることが当たり前で、それなりのインフラと人々のマインドが育っている社会では、母親であることは女性の職業人としてのスキルを語る上で、特別扱いされない。〝職業人かつ母〟である女性の絶対数が多く、女性が出産育児経験で得るものは〝キャリアのブランク＝無〟ではないと分かっている社会だからこそ、母親であることは職業スキルの焦点とならない。

まだまだ「母なのにこんなに出世！」とワーママのレアケースがヒロイックに語られる日本社会がそこに到達するには、まず英国の現状の2つくらい（もっとかもしれない）前段階として母親が職業を持つことが当たり前にならなきゃいけない。だが、女性の年齢別就業率を表す日本のM字カーブの、上昇の兆しはあれどいまだ深い谷が示すのは、この先のまだ遠い道のりのようだ。

2016・7・19

一億総活躍が各論賛成、総論「気持ち悪い」のはなぜか

政府は2016年5月、経済財政運営の指針である「骨太の方針」素案と、中長期計画「ニッポン一億総活躍プラン」をまとめた。

少子高齢化克服、待機児童ゼロ、介護離職者ゼロ、女性活躍推進、長時間労働是正、同一労働同一賃金など、これまで報道で漏れ聞こえてきていた通りの内容ではある。しかしその全貌に対するメディアの評価は、「渾身の改革案」「成長堅持のための具体性に富む」といった好意的なものから、「税収増が不透明」「物足りない」との指摘、「変わらずの全体主義的センス」「民進党マニフェストの既視感」との酷評まで、その左右の立ち位置によってさまざまだ。

（以下「ニッポン一億総活躍プラン」より引用）

「日本には多くのポテンシャルを秘めている女性や、元気で意欲にあふれ、豊かな経験と知恵を持っている高齢者などがたくさんおられる。こうした潜在力とアベノミクスの果実を活かし、今こそ、少子高齢化という日本の構造的問題に、内閣一丸となって真正面から立ち向かう必要がある」

「少子高齢化の流れに歯止めをかけ、誰もが生きがいを感じられる社会を創る。一億総活躍社会は、女性も男性も、お年寄りも若者も、一度失敗を経験した方も、障害や難病のある方も、家庭で、職場で、地域で、誰もが活躍できる全員参加型の社会である」

「一億総活躍」とのフレーズが報道された時から、戦前の何らかの香りを嗅いで違和感を口にする人は多かった。特に、「ニッポン一億総活躍プラン」内で〝成長の隘路《あいろ》〟と表現される少子高齢化克服の目的が、そのフレーズが語る通り経済成長維持のための労働力確保にあることは明白だ。

女性活躍推進や高齢者の潜在力、一度失敗した人（ニートなどを指す）の再チャレンジといったポジティブな表現の数々は、一見、社会の多様性拡大などリベラルな論調と方向性を共にしているように見えるため、各論レベルではさまざまな論者の支持を取り付けるに至っている。

しかし〝包摂と多様性による持続的成長と分配の好循環〟という言葉をよくよく味わってみると分かる。〝多様性の包摂〟の狙いは結局「休眠している潜在労働力の吸い上げ（ムダの有効活用）」にあり、「いま社会に労働力として貢献していない〝怠け者の社会的弱者〟を働かせてやって、国家の成長に資すること」にある。その点に気付いている人々からは「各論で目くらましをされてしまっているが、総論としての国家観が気持ち悪い」との声が上がる。

すべての発想の根本は経済維持と成長であり、それらを実現する生産性の向上であり、ムダの効率化であり、さまざまな状況にある人々が住み、雑多なデータがごちゃごちゃになった（ごく自然な姿の）日本社会というコンピューターのクリーニングと最適化だ。つまり、現在成功して見えるマネーの生産システム、企業中心の社会システムを揺らがせるような価値観の転換や人材は求められていない。効率的で整然とした秩序を乱すイレギュラーは要らないし、挑戦もして欲しいわけじゃない。〝持続的成長と分配の好循環〟の役に立たない〝多様性〟は〝包摂〟しないのだ。一度歩みを共にしたようでもそれは「袖振り合うも他生の縁」レベルの社交辞令であることを意識しておきたい。

「希望を生み出す強い経済」「夢を紡ぐ子育て支援」「安心につながる社会保障」の「新・

三本の矢」にも、結構なポエムが炸裂しているのを見て苦笑した人は少なくないだろう。夢を紡ぐ……。まぁ、夢だけならいくらでも紡げるのだ。

「3世代同居・近居」の促進と支援が報じられた時、当事者である働きざかりの子育て層からの反発は大きかった。若い女性の就業率向上、育児支援など高齢近親者の間接的労働力への囲い込み、在宅介護と、「3世代を同居させたら、いま少子高齢化の大きな問題をすべてワンストップで解決できるじゃないか！　アッタマいいー！」とうれしそうな誰かの声が聞こえてくるような施策に、「産めよ殖やせよ、働けよ、介護もせよと、結局女にすべてを担わせるのか」と女性の呻き声が上がった。

社会構造と価値観に手をかけずして、結局誰かにとって見慣れて安心な、旧来の〝家庭観〟に安易に収束させようとする……。すると、老体に鞭打って孫の育児をするのも、子どもは母に任せたからと長時間ゴリゴリ働くのも、いずれ老親の介護のためにキャリアを諦めて退職するのも、女性なのだ。それは支え合いというよりも、世代間の連綿たる貸し借りである。

日本の社会構造では、〝女性の力〟や労働力はあまりにも評価されず、それゆえに表面化せず埋もれてきた。だからなのか、ひとたび女性の力を活用すると決めたら、それは無尽蔵かのように、あるいはすべての社会問題を解決する魔法の呪文かのように扱われている。実際にはその立場にない者たちが施策に携わっているのがよく分かりはしないだろうか。最適化と効率化も、女性の活躍も正義だと信じてこのような発想が出現するのだろうが、でもそこに新しい日本の家庭観の提示、価値観の転換はない。

出生率上昇への取り組み、3世代同居という回帰的家庭観、加えて「一億総活躍」……。なぜ、戦後レジームではある種タブーとされてきた戦前戦中的な価値観に手がかかったのかを考えると、やはりそこに手をかけるくらい現状が機能していない、あるいは日本という国が誰かから見て〝危機的状況〟だからに違いない。だがそれは誰の目から見た危機なのか。

〝包摂と多様性による持続的成長と分配の好循環〟という言葉に立ち返ると、その多様性は多様性とは呼べないと思うのだ。いま働きざかりの女性と男性、そして少子化のど真ん中に育った子どもたちの成長後の役割は、労働力への漏れなき貢献という観点から「働き、かつ家事もするもの」として固定化している。働いて「も」いい、家事をして「も」いい、と選択肢が増えたのではない。

多様性の実現とは、生き方の選択肢が増えること、どの選択肢にも等分の敬意が払われることだ。描かれた姿以外の生き方は対象外となる国家観では、価値観の転換が図られぬまま、生き方と居場所だけが固定される。〝労働力〟は増えるかもしれないが、人材は育たない。人が本当に育つとは思えない国家観に、だから各論で目をくらまされてはいけないのだ。

2016・5・31

美意識と思想の国、フランスはなぜテロに狙われるのか

幼稚園の時、人生で初めて出会い、夢中になって全巻読破した少女漫画が『ベルサイユのばら』だったゆえの刷り込みか、どうもフランスに対しての極めて一方的な片思いというか憧憬と関心が尽きず、実はいまだに下手くそながら細々とフランス語を習っている。学生時代の語学は英語とアラビア語（すべて忘却のかなた）で、フランス語学習を本格的に始めたのは、ドイツ・フランス・イタリア語を公用語とするスイスに住んでいた時の生活上の必要から。「そのご自慢の猛烈に硬いスイス国産牛肉を、ぜひとも私のような軟弱な日本人向けにスキヤキ・スライスしていただけますか」と、英語を理解してくれない肉屋のおじさんに頼みたいという悲願で一念発起。ドイツ語はゴツいしイタ語はチャラいし、女子なワタシはオシャレなフラ語にする〜という偏見満載の三十路の

手習いとなって以来である。その後ロンドン、日本でも、再開したりやめたり、仕事で行けないことも多いが、せめてもの脳のアンチエイジングとして続けている次第だ。

129人の犠牲者と300人以上の負傷者を出した11・13パリ同時多発テロ後初めての授業で、私のフランス語の先生は「フランスの2015年は1月のシャルリ・エブド事件で幕を開け、11月のパリ同時多発テロで暮れていこうとしています」と話した。

まさに2015年を迎えるという時、彼女は夫とともにエッフェル塔の下でカウントダウンイベントに参加していた。だが「エッフェル塔から旧陸軍士官学校にかけて、いままでに見たことのないほどものものしい警備に違和感と生理的な恐怖を感じ、カウントダウンが終わるとすぐその場を離れた」という。人が集まるところはテロの対象になりやすい。彼女はそのままフランスの地方を巡り、正月休みを古い友人たちと過ごしたが、シャルリ・エブド事件発生のニュースが世界を駆け抜けたのは彼女が日本に向けてドゴール空港を発った、ほんの半日後だった。

「欧州を政治的、経済的に代表する国は、ドイツも英国もある。なぜその中でＩＳはフランスでのテロに固執するのでしょう。彼らにとって、メルケルとキャメロンは許せてもオランドにはどうにも許せない何かがある、なんていうことがあるのでしょうか」と私は訊いた。先生は天を仰いで黙って考え込むと、「それは多分、フランスがイデア（思想）の国だからじゃないでしょうか」と口を開いた。

ドイツのような製造立国、英国のような金融立国でないフランスは、もともとは豊かな自然と作物に恵まれた大農業国だ。しかし彼らはどうも「フランス語は合理的で普遍的」と、世界の数多の言語の中でも自分たちの特別な優越性を信じて疑わないフシがある。その自負は覇権主義の時代に一大フランコフォニー（フランス語圏）を形成したことでさらなる正当性を増し、深化したと言われる。

何が驚くといって、あんなに動詞が複雑で、発音が恣意的（基準は「響きが美しいかどうか」）で、しかも「愛を語るならフランス語」という表現がぴったりなくらい超・情緒ドリブンでジュテームモナムールな言語なのに、当のフランス人は「フランス語ほど合理的でクリアーな言語はない」と確信しているというのだ……！

18世紀、アントワーヌ・ド・リヴァロールなる著述家が「フランス語の構文は不滅なのだ（略）明晰でないものはフランス語でない。明晰でないものは、英語、イタリア語、ギリシャ語あるいはラテン語ではありうるが」と記し（＝ディスり）、その「フランス語は明晰な言語である」の部分が1人歩きしたらしい。この、それこそ根拠や説得力を欠く「自分たちの言語への優越感」が、やがて簡単に「自分たちの文化への優越感」に横滑りし、そんな優越した言語を用いて導いた我々の思想（イデア）は普遍だと問答無用で確信する態度、「普遍のショービニズム（排他的愛国主義）」へと昇華した、と石井洋二郎は『フランス的思考―野生の思考者たちの系譜』（中公新書）で指摘する。

しかも、たとえ共和政を手にするのでも、容赦なく血で血を洗ってきた歴史が示すように、彼らは基本的に「闘争の人々」。現代でもとにかく、国鉄でもゴミ収集でも何でも労働ストで数カ月（！）サービスが止まるのは日常茶飯事だ。私がスイスで住んでいた街にはドイツ国鉄とフランス国鉄とスイス国鉄が乗り入れていたが、フランス国鉄（SNCF）がストで止まっていない時のほうが珍しかった（……というのはさすがに大げさです。すみません）。真面目さと時間の正確さでは日本の鉄道に匹敵するとされるスイス国鉄の駅員さんは、私が「もう1カ月ですよ！ SNCFのストはいつまで続くんですかね？」と尋ねると「誰も知りませんよ。だって、ヤツらはフランス人ですよ？」と笑うのだった。

薔薇には棘がある。問答無用の美しさを誇示して艶やかに咲く大輪の薔薇のような国、フランスの絶対性を否定するものはいない。だがその花は寛容なのか不寛容なのか、見る者によって色を変える。自分たちが世界の普遍的な基準であると信じる、フランス人の強烈な自負。そしてその思想のためなら徹底的にやり合う闘争心。しかも実のところ、隠しきれずに漏れ出る排他主義。高い美意識とは、どこか独善的で排他的だから維持できるものでもある。だからフランスでの有色人種差別は、どんなに現代のリベラル派が融和的な態度を取り、移民や難民の受け入れ政策を進めても、根深い。覆面で市井の人種差別実態を調査・報告する非政府団体があるほどだ。

旧大陸たる欧州には、アメリカ新大陸で語られる人種差別とは構造的に異なる、文化の中に緻密に織り込まれた差別主義が歴然と横たわる。フランス、あるいはEU代表国の国籍を持ちながらISへ傾倒し、ジハーディストへと過激化していく「有色人種」で「異教徒」の青年たちの動機の根が、存在の無視や侮辱、排斥の経験など、理不尽な扱われ方への鬱屈にあるのは、想像に難くない。

今年の相次ぐテロで、移民排斥を唱える極右派ナショナリストたちの声はますます大きくなっている。それでもフランスが移民政策を転換しないのは、もしEU内の人の流動性を否定してしまったら、EUが、そして代表国の一つとしての自分たちが、存在の正当性を維持できなくなってしまうからだ。そしてシリア難民の受け入れを撤回しないのも、自分たちは欧州の大国として高貴な義務を負っているとの自負、あるいは拡大帝国主義時代への反省、または戦後教育の成功としてのリベラリズムや多様性への理解・共感ゆえだ。

小さな国々が国境を接するがゆえに戦争を繰り返した欧州。自分たちを壊滅させた大戦レジームへの反省と、折り重なる歴史の悲劇の重みと、表面だけ乾いたようで内部ではいまだ膿み続けるおびただしい大小の傷の痛みから、欧州「共同体」として再生する道へ一致した欧州各国の数多の利害に想いをはせる。蒼き地中海の対岸に北アフリカが広がり、トルコを防波堤代わりに異教徒たるムスリムの国々の息づかいを間近に感じ、域内に第2次大戦の連合国と枢軸国が同居し、冷戦の東西を同居させた欧州共同体。そんな混沌の中に秩序を築くことを目指し、しかも「人の行き来は自由でなければならない」と信じることの重さよ。それを「もはや強迫観念的ともいえる固執」と指摘した人がいたが、その通りだと思う。

さて、そんな歴史的、地理的文脈の中の思想国家フランスだからこそ、思想闘争をするテロリストはそこを舞台に選ぶ。それを私のフランス語の先生は示唆したのだ。良くも悪くも、どこか同じようにイデアにとらわれ、米国のようなモノやカネが決めるプラグマティックな合理性には一瞥もくれず純粋な精神性にこだわる国だから。そしてそんなフランスが放つ超然と強い光が地中海の向こう側で煌々とするさまを、イスラムは否応にも視界に入れて暮らしているからだ。

テロ後、フランスの各新聞・雑誌には〝Ｌａ ｇｕｅｒｒｅ〟（戦争）の字が躍った。美意識を尊ぶ人々が感情を傷つけられた時、その反撃もまた感情的となる。スイス時代の私のフランス語の先生はブルネットのフランス人美女だったが、私が文法の質問をするといつも「だって、そのほうが美しいから」と言うのが口癖だった。理屈を超越して「美しいかどうか」が基準となる、その人たちが「戦争」という言葉をとうとう口にするのは、まさかそれが美しいからではないだろう。

２０１５・１２・１

Question

女の悩み相談

「孫はまだか」のプレッシャー。年末年始、夫の実家に帰りたくない

年が明けたら夫の実家に挨拶に行かねばならないと思うと気が重いです。結婚して10年弱経つのに子どもができないことを、義父母は非常に不満に思っており、帰省のたびに義母から「孫はまだか」「なぜできないのか」などとしつこく言われるためです。もともと夫は子ども嫌いで、私もそれほど欲しいと思っていないため、夫婦ともに子どもをつくるつもりがありません。それなのに、なぜ私ばかりが責められなければならないのでしょうか。

「孫の顔が見たい」という気持ちは分からないでもないけれども、夫婦それぞれの事情や考え方があるものですよね。

〝赤の他人〟と、子ども抜きで家族になるための第一歩を

孤立無援、苦しい状況ですね。もしあなたが芯の部分で「子どもは産まない」という選択に一筋も迷いがなく、むしろ自信すらあるのなら、あなたは姑の口撃など「おや、また飽きずに言ってるわー。趣味なのかな？」とかわせるはずなのです。

でもあなたは真面目で責任感も強い。義父母の期待や予定調和に沿わない自分に葛藤があり、しかも「対・姑」戦線で

夫の協力が取り付けられていない。あなたは1人で戦っているから、真正面からその身に銃弾を受け、「自分ばかりが責められている」と感じるのです。

「子ども嫌い」とスカす割には実母からあなたへの口撃を防げず、あなたの葛藤にも思いを馳せられないボンクラ夫も、あなたの顔を見れば「子どもは?」と繰り返す毒姑も、究極的にはあなたにとって赤の他人です。結婚とは、そんな赤の他人と家族になるという作業。あなたの中に自分自身へのごまかしや嘘があってはできません。しかもそれをあなたは、問答無用の接着剤、あるいは潤滑油となってくれる子どもなしに進めようとしている。愛だ信頼だ尊敬だなんて上っ面のきれいな話のレベルを超えて、夫婦間のつながりがドロドロを経て強固でなければ、どうして成し遂げられるでしょうか。

まずは「可愛いボクちゃん」の夫の胸ぐらを掴み(※比喩です)、あなたの葛藤、思いの丈をぶつけてガチンコで話し合うところから始めましょう。少しでも何かが変わるはずです。「赤の他人と家族になる」のです。

ボーナストラック

「たまたまゴジラが出てくるだけの（日本的組織社会の）ドキュメンタリー」――40男たちが熱狂した『シン・ゴジラ』と3人の女たち

40代が直面している、組織と日本社会

「40男が折れ始めている」、そう言われて久しい。小学校でマクロスとガンダムの洗礼を受け、高校〜大学でエヴァンゲリオンに胸を熱くした者も多い世代。ところが大人たちのバブルの狂乱が弾け、急冷し痩せ細る就職市場に放り出され、「キミ、来たかったら来てもいいよ」とようやく存在を許された組織で孤独に揉まれ続けてきた、現代日本の（疲弊しすぎて）声なきボリュームゾーンだ。

〝ガンダム―エヴァ〟ラインを成長期に直接経験した40代、団塊ジュニアを含む前後の

年代の男たちが〝現代日本の労働人口中最大のボリュームゾーンでありながら〟折れ始めている。「バリバリ働く組織人でありながら、真っ当なよき家庭人でもあれ」との社会の要請に「俺にも本当にできるんだろうか」と戸惑いながらもどうにか応え続け、組織で消耗し、家庭で消耗し、そんな社会人生活を20年以上続けてきた結果だ。

就職氷河期が持ち直してから社会に出た30代の「経済の底を見ておらず、まだ打たれきっていない」頭と体のキレ、「SNS直接民主主義なんてものが存在すると信じている」20代の瞳の輝き、そして「時代に下駄を履かせてもらい始めている」女たちへ、昭和世代の男たちは擦り切れた視線を送る。

「若い」とは「まだ諦めていない」ということだ。組織社会と、それを取り巻く日本のあり方に、自分を殺されていないということだ。俺、いつからこんなふうになったんだろうな。俺、いつの間にか「昭和世代」だなんて、あのオヤジたちと一括りにされるようになってたんだな。ずっと忙しすぎて、仲間入りしていたことさえ気づかなかったわ、終わってんな、俺。

でもそんなふうに「終わってんな」と自嘲しながら、それでも組織社会の中で生き残る術を常に頭のどこかで計算している。とりあえず毎日あの場へ行って戦えば、生きてはいける。だってどうしたって、守らなきゃいけないものがあるからだ。そしてあわよくば、やっぱり世間に爪痕を残してやりたいんだよ、俺だって。

「御社アアアアーーッ！」「弊社アアアアーーーーッ！」

だから映画『シン・ゴジラ』の描くカタストロフィが、日本のサラリーマンたちの2016年夏をさらっていった。

総監督・庵野秀明の盟友、漫画家・島本和彦が提案したという〝発声可能上映会〟にて、すでに『シン・ゴジラ』を繰り返し見たようなファンたちがコスプレなどの仕込みをして集い、場面に合わせてサイリウムを振り回したり、諳んじたセリフを唱和したり、ボケたり突っ込んだりと、大いに楽しんだという。その様子の中でも「日本ってつくづく面白いよな」とネットの共感を集めたのが、ゴジラによって自分の取引先が入ったビルが破壊されると「御社ーーー！」、そして自分の勤務先の入ったビルがなぎ倒されると「弊社ーーーー！」と掛け声が上がったとのエピソードだ。

ツチノコ状のゴジラ第二形態が蒲田から呑川を遡り、第三形態となって立ち上がり品川駅周辺の高層ビル群をバキバキに破壊。15日後、さらに進化した第四形態が鎌倉上陸、武蔵小杉でタワーマンションを折って丸子橋をまっぷたつに吹っ飛ばし、そのまま目黒、千代田区へ侵入。東京駅前で丸の内のオフィス街を完膚なきまでに熱線破壊し踏みつぶし、復元されたばかりの丸の内駅舎に倒れ込んだ時、それを見るサラリーマンたちが感じたのは、「非常事態」かつ「非日常」の興奮・高揚、繰り返しの日々を圧倒的に凌駕する解放のカタルシスと、その中にチリっと残る、気持ちいいのか痛いのか判別のつかない疼痛だったのではないか。

現実の「決められない」上司世代を代表するかのような、意思決定の遅い閣僚たちの乗ったヘリコプターがゴジラによって撃墜され、「巨大不明生物特設災害対策本部」指揮を取ることとなった若き政治家たる主人公・矢口蘭堂が口にするのは、「いない者をあてにするな、いまは残った者でやれることをやるだけだ！」とのセリフ。それはエヴァ世代が40代になって直面している、組織社会と日本社会の打ち破れない閉塞が本当に破られ、「まだ俺たちの時代は来ていない、あと5年10年したら見ていろ」と煮込んできた〝俺たちの時代〟が「今日、本当に来た」瞬間の、慄然たる言葉だ。

「たまたまゴジラが出てくるドキュメンタリー」

意思決定を〝俺たち〟が手にした途端の、その後のストーリーの加速は快感以外の何ものでもない。発声可能上映会で「一気」コールが起こったという、何台ものポンプ車でゴジラの口に血液凝固促進剤を流し込むクライマックスへ向けて、ただ疾走、駆け上がってゆく。

閣僚と官僚たちの会議の様子、自衛隊出動、電車にバスにエヴァへのオマージュ、そして福島第一原子力発電所冷却停止、戦後あるいは震災復興をなぞるかのようなストーリーと、随所に「その業務に実際に携わる者も唸る」リアリティや「その道のオタクも喜ぶ」ディテールの追求があり、だからこそ大人の鑑賞に堪え、シンドロームとなる。

実際に高度なプロとして働く人々が、庵野総監督の意図に十分な敬意を払いつつ実生活で自分の置かれる立場をストーリーに投影し、感情移入することができるからこそ、日経ビジネスオンラインで「『シン・ゴジラ』私はこう読む」という識者たちによる考察特集さえ成立してしまっているのだ。

映画パンフレットでは扮装統括の柘植伊佐夫が、この映画を「たまたまゴジラが出てくるドキュメンタリー」と捉えて携わったと語っている。「たまたまゴジラが出てくる」という荒唐無稽なフレーズのインパクトといったらないが、そういや、いつの間にか40代に〝なっちまった〟男女にとって、すでに私たちは、ゴジラと規模は違えどそれぞれの荒唐無稽と対峙している日々ではないか？「10代や20代に思い描いていた人生に比べたら、わりと想定外」じゃないか？　こんな40歳を迎えるなんて、「ずいぶん遠くまで来たものだ」なんて郷愁じみて振り返ったことはないか？

いまの日本で足掻く私たちにとって、ゴジラは決して荒唐無稽ではなく、人間の力の及ばぬ理不尽でもなかったのだ。もっと荒唐無稽で、遥かに理不尽なことに、男も女も、私たちはすでに嫌というほどさらされ、なぶられてきたからだ。映画を観終わった高揚が収まった頃、個人的にふと「ゴジラ、本当に来ても不思議じゃないな」と奇妙な感覚が起こったのは、そういうわけだったのかもしれない。

「総理、撃ちますかッ？」

さて、このコラムで『シン・ゴジラ』をネタに書くからには、『シン・ゴジラ』3人の女たちの活躍についても触れておくべきだろう。

1人目は、ファンも多い環境省自然環境局野生生物課長補佐・尾頭ヒロミ（市川実日子）。研究と職務とにひたすら熱心なオタク体質の女性プロフェッショナルということで、観客誰もが、〝十分にリアルな存在〟として感じたからこその、人気の高さだ。

次に、余貴美子が演じる花森麗子・防衛大臣。自衛隊経験者や軍事に精通する人々によると、彼女の行動には許し難いといったレベルでリアリティからの乖離があるという。蒲田～品川のタバ作戦で攻撃を開始しようという瞬間、モニターの中に民間人を発見した閣僚たち（と観客）が凍りつく中、花森防衛大臣が「総理、撃ちますかッ!?」と決断を迫る、その行動が「職務権限を超越し、あり得ない」のだそうだ。

「許し難い行動」と、軍事のプロが不快感や怒りさえ感じるのはつまり、「軍事的に訓練されているとはそういうことなのだな」と感じさせられるのだけれど、そういう訓練をフィジカルにもメンタルにも受けていない立場からすると、あの場面はメタファーとして実にスパイシーに効いていたと思う。

フィクションにおけるリアリティは、時に本来の現実を凌駕する。避難中の高齢者2人という、顔のある人命を目の前にして、引き金を引くか引かないか意思決定の頂点にいる男に鬼気さえ帯びて判断を迫るのが女であるということに、私はあの瞬間、鳥肌が立った。信念（あるいは教義）と権力（手段）を持つ女の、大胆さ、潔癖さ、非情さ、残酷さが象徴され、「ああ、だからこの『シン・ゴジラ』で防衛大臣は女性だったのだ、女性であるべきだったのだ」と理解した。

「冷凍停止させるべきはゴジラじゃなくてカヨコのほう」

最後は『シン・ゴジラ』の多くの観客が「庵野さんの意図をどう理解したらいいのか」と迷ったに違いない、石原さとみ演じる米国大統領特使、カヨコ・アン・パタースンである……。巻き髪、11センチヒールに、巻き舌の英語と日本語がちゃんぽんの〝ルー語〟……。日系人だかなんだか知らないが、あの若さで米国大統領特使として単身で日本政府へ乗り込み、日米政治・軍事外交の窓口となり、「40代で米国大統領を目指す」設定という恐ろしさ。この映画の荒唐無稽について語るならゴジラと同じレベル、いやゴジラ以上に荒唐無稽な存在が、カヨコ・パタースンだ（実際、冷凍停止させるべきはゴジラじゃなくてカヨコのほうだろう！なんて感想も聞いた）。

ただ可愛いヒロインが欲しかっただけか、画面が暗いから画面にちょっとくらい華と色気の要素が欲しかったのかと、鼻白む人も多かったのではないか……と察する。やむを得ない。致し方ない、そんな人間実在しないから。仮にパタースンが男であったとしても、あの設定がすでに荒唐無稽で、ゴジラ上陸と同時にパタースン上陸（笑）くらいの想像上の生き物、それこそ（巨大）不明生物なのだ。

ただ、カヨコが脚本上で負う狂言回しとしての役割を理解した上で、日本の中枢へ踏み込む〝行儀の悪さ〟と、有無を言わさず無茶なストーリーを強行する〝強さ〟、さらに二国の価値観の間で逡巡する〝未熟さ〟まで付加されて、それらすべてを同時に備え得るキャラクターが「若い女性」だったことについては、同じ女性として「むしろそれ以外にはないというレベルで正しい設定」だと思っている。

カリカチュアとは、本質を伝えるための歪曲や誇張を施した人物像、〝戯画化〟を意味するけれど、まさにカヨコ・パタースンはこのストーリーの「無茶な部分」をすべて包摂し均《なら》すための、「不当なくらいの権力を手にした女」というカリカチュアなのではないか。

以前、出版業界の人との打ち合わせで「なんで、キャリア女性誌の表紙っていつも女優さんなんでしょうね」という話になったことがあるが、女の美醜に対する世間の不思議な期待を満たしつつ、リアリティを欠いていない（＝大人の鑑賞に堪える）パワーキャリア女性をまだ描けない日本の現状をもまた戯画化するものかもしれない。

かくして『シン・ゴジラ』は観た者たちの頭をグルグルにし、深読み・裏読み・批評を誘発する。特に折れ始めた40男たちに何かを吹き込むそれが、かつて40男たちを捉えて離さなかったエヴァと同じ庵野作品であることには、必然があったのだと思う。あの時（1995年）エヴァに生かされた日本社会が、20年余を経て『シン・ゴジラ』に何かをもう一度吹き込まれたことが、この夏の収穫だ。

むろん、諸説ある。正義も正解も一つじゃない。

好戦的なエロス——ナショナル・イベント御用達アーティストへ昇り詰める、椎名林檎の勝ち戦

漂白された椎名林檎との再会

私が椎名林檎と再会したのは2011年末。オランダ・アムステルダム中心街の高級ホテルの一室だった。

なんて書くと、一体ナニゴトが始まるのかと不安（または期待）を感じられる読者もいらっしゃるかと思うがすみません、そういう話ではない。当時私は家族と欧州に住んでいて、日本の雅びやかな四季の風習から長く遠ざかり、ヨーロッパにすっかり食傷していた。そんな母国に帰れない／帰らない在外邦人たちのために、ホテルオークラ・ア

ムステルダムは年末年始の〝食〟と〝祈り〟（ホテル内の出張特設神社で初詣させてくれる）を完璧なジャパニーズ・スタイルで提供する正月滞在プランを用意しており、切ない望郷の念に駆られる欧州駐在者たちの間で心の拠り所となっているのだ。

大晦日の午後、オークラらしく随所に品の良い日本テイストをそっと配した上質な部屋に通された私たち家族は、眼下に広がるアムステルダムらしい運河と赤茶けた街並みの風景もそこそこに、普段自宅では見られない日本のテレビ番組へ高まる期待を抑えられず、まずテレビをつけた。ＮＨＫインターナショナルで映《や》っていたのは、時差のために欧州では昼に見られる紅白歌合戦だ。

紅白をよそに、フロントで手渡されたウェルカムギフトのヌーベル月桂冠をさっそく空きっ腹に流し込んでいた私は、夫の「椎名林檎、いいなぁ」の声で振り向いた。妻の目前で妻以外の女を褒めるとはケシカランという圧を出しながらテレビに目をやると、私が遥か昔にＭＶ（昭和人はＰＶと呼ぶ）を見たことのあった『歌舞伎町の女王』や『本能』『ギブス』の重く暗く粘ったイメージとはまるで違う、明るく漂白された〝国民向けの椎名林檎〟がギターを弾いて歌っていた。キャリア13年にして紅白初出場、とのテロップが流れた。

国外にいた当時の私には全く視界の外だったが、NHK朝ドラの主題歌だというソロ名義の『カーネーション』と、当時のバンド東京事変としてリリースしていた『女の子は誰でも』をメドレーで歌った姿に、20世紀末で椎名林檎の記憶が止まっていた私は、あの「椎名林檎」が「NHK」に出ているという取り合わせに驚かされつつ、10年間強の彼女の振れ幅を「大人になるってこういうことか」と納得した。彼女はきっと、作家そして演奏家として依頼や要請に応え続けるうちに、自己表現と他者の視線の塩梅を知り、自分の中で渦巻く動機や衝動の手綱を握り、狂気の出し方と引っ込め方を体得した——つまり、こなれたプロとなったのだ。

するとと、年明け間もなく東京事変の解散がアナウンスされ、私はそこから数カ月の間に東京事変と椎名林檎を（当時住んでいたロンドンから）買いまくり、聴きまくり、読みまくった。ちなみに、椎名林檎個人の作品よりも、4人のメンバーバランスに妙のある東京事変のほうに愛着がある。

何が彼女のスイッチを押したのか

私は初期の椎名林檎を、リアルタイムでは努めてスルーしていた。エロとデカダンとこれ見よがしの難読漢字を多用する、厄介なアーティストなのだろうと思っていた。何より当時は同期デビュー組に多くの〝歌姫〟、中でも「これが新しい日本人だ」と鮮やかに知らしめた国際派の宇多田ヒカルがいて、その光のほうが遥かに強かった。椎名林檎の時折漏れ聞こえるあれこれの色恋沙汰も、どこまで嘘か誠か、だがタチは良いとは言えない。椎名林檎に辛抱たまらんと惚れ込む男性が多いのも納得で、そのどこか懐古調で歌謡曲的な色女ぶりには、液化フェロモンが音を立てて溢れ出るような過剰さ、そして裏街道っぽさがあった。宇多田ヒカルのほうが遥かに表街道を歩き、大舞台を踏める清潔なキャラクターだった。

でも2011年、気づいたら宇多田ヒカルは人生のあれこれを経た長い活動休止に入ってロンドンにいたし、浜崎あゆみは聞いたこともない外国人モデルと唐突に結婚したり離婚したり、aikoは変わらずふわふわと恋愛して、みんな本業では精彩を欠いていた。だが椎名林檎だけは、子どももいて離婚もして、多分野の才能ある既婚者たち（才能は大いに問うがルックスは案外問わないのも特徴）と浮名を流して何かをヂューッっと吸い上げ、なおかつコンスタントに美意識の高い作品を制作し続け、注目も評価も受けていたのだ。

２０１１年の震災後、東京事変として『新しい文明開化』を拡声器越しに高らかに宣言してから、彼女はなにごとかを加速していったように思う。

朝ドラを始めとするＮＨＫ番組や大手企業広告での相次ぐ起用と並行するようにして、２０１２年2月29日に東京事変はスピード解散、彼女はソロ活動に戻った。理由の一つなのかどうか、椎名林檎は「震災後、東京事変という禍々しい名前のせいで受けられない仕事があった」と語っている。じきに、近年の創作活動を共にしてきた映像ディレクターの児玉裕一（知り合った当時はやはり既婚者）と再婚、２人目を出産した。次に世間が椎名林檎に気づいた時、彼女は２０１４年ＮＨＫサッカーＷ杯番組テーマ曲『ＮＩＰＰＯＮ』を発表していた。あらあらと思っているうちに２０１６年夏、リオ五輪閉会式で次の開催地東京へと繋ぐ「トーキョーショー」は、夫の児玉裕一の映像ディレクション、椎名林檎プロデュースで世界中に配信されていた。

そして間髪入れずに発表したのは『13 ｊｏｕｒｓ ａｕ Ｊａｐｏｎ ～２０２０日本の夏～』。誰もが、椎名林檎が本番（２０２０年東京五輪）へ向けて企てていると確信した。あの林檎が、いま日本を代表するべきは自分だ、自分に代表させろと手を挙げている。あの、デビュー初期に10代で巻き舌やドスを利かせた唸り声を発し、おっぱい半分出したり刺したり舐めたり切ったり蹴ったりしていた林檎が、これ以上ないほど日の光を浴びる〝オモテ業界〟最大の舞台、ナショナルイベントの頂点を制圧しようとしている。１９９８年18歳のデビューから18年、なんという自意識と野望を抱き、なんという高みまで昇ってきたのか、彼女は。

ヒカル（光）と陰

リオオリンピック・パラリンピックの二つの「トーキョーショー」でクリエイティブ・スーパーバイザー兼音楽監督・椎名林檎が表したＴＯＫＹＯの昼と夜、または暗示した「陰を伴う光」。彼女のアーティスト人生は、同期の他の少女たちと比べて、陰の側のイメージから始まった。

宇多田ヒカルという、老若男女にも権力のある者にも期待を注がれた、国際派で健全で早熟の天才。浜崎あゆみという、頑張る女子の漁場を巨大な網でひと掬いにし、そのまま握りしめて駆け上がり君臨したディーバ。ａｉｋｏという、おっとりとした関西弁で人を確実に安心させる容貌を持つ、恋愛共感教祖。椎名林檎はその頃、地べたに倒れて目を剥いたり、ナースコスプレでガラスを蹴破って血だらけになったりしていた。その頃の活動を彼女は「18の女の子が大人にああしろこうしろって言われて」と振り返るが、でも彼女がそんな大人たちの中で頑固に譲らなかったという楽曲そのものには、中毒性を伴う恐ろしい力があった。

これは私の勝手な妄想なのだけれど、当時の椎名林檎は、盟友だという宇多田ヒカルに対してネガティブな思いを持っていたとしてもおかしくないような気がしている。だが結婚し、離婚し、疲弊し、母を亡くし、再婚して子をもうけた宇多田ヒカルが２０１６年に活動を再開し、８年半ぶりに発表したアルバムでは、共に妻となり母となった２人がデュエットする『二時間だけのバカンス』が収められた。そんな時代があの２人にやって来るとは、大人になるのも悪くない。

女のロマンって何だ

社会にイノベーションが必要な理由を聞いたことがあるだろうか。新しい分野や業種には良い混沌が生まれ、それまでの家格身分に関わりなく能力主義の重用が可能になる。古くなった社会構造のスクラップ＆ビルドが行われるのだ。黒船来航で海軍の組織が急務となった日本の幕末や、現代インドのＩＴ産業勃興がそう。保守の中に生じるうねりや渦の中で、それまでの世の中では居場所のない人が居場所を求めて暴れる、それが革新ということなのだ。

２０１０年代とは、女性活躍推進という新しい機運にさまざまな選挙やらナショナルイベントやらが乗っかって、いままでの枠組みでは居場所のなかった女たちが暴れる、そういう時代なのだと思う。男にロマンなるものがあるのなら、女にもそれがあっていい。じゃあ、女のロマンって何だろう。少なくとも、これからの女のロマンは結構ワイルドだ……椎名林檎の自覚的に邪《よこしま》な野望みたいに。

Question

家族の写真入り年賀状が届くお正月。複雑な気持ちでいっぱいです……

38歳、独身の会社員です。赤ちゃんや家族の写真が入った年賀状が届くお正月は、幸せ自慢をされているような気持ちになり、鬱々としてしまいます。同時に、友人知人の幸せを心から祝えないことに自己嫌悪を感じます。どうしたらいいでしょうか？

幸せそうな笑顔いっぱいの写真入り年賀状。自分の置かれている状況により受け止め方も変わりますが……。

年初恒例の鑑賞会、そのたしなみ方とは？

赤ちゃんや家族の写真入り年賀状は、幸せ自慢のつもりの無邪気な人もいるでしょうが、多くは「360度全方位に対応できる最も無難なコンテンツ」として惰性で続けています。毎年師走に「うわー、このクソ忙しい時期にまた年賀状の季節か。ていうかこの現代にも年賀状って必要か？　……必要なんだよなー、親戚とか。オンライン注文には写真年賀状のひな形がたくさん用意されていることだし、多分家族持ちといえばその辺が定石なんだろうし、またテキトーに見繕った家族写真でいいや（ポチッ）」って感じです、きっと。

そうでなければ、あんな微妙な赤ん坊や、コスプレさせられてねじれた作り笑いを浮かべる子どもや、見せるほどでもない配偶者の写真を広く他人に送りつける意味が分かりません。あれが幸せ自慢なんだとすれば、結婚とか出産って、なかなかの脳内麻薬を出すものなんだなと笑ってやればいいのです。

また、親戚からの年賀状ならともかく、あなたが独身と分かっていて送りつけてくる同級生や同期からの写真年賀状は、「空気読めない」か「確信犯」か「ごめん何種類も作る余裕なくって……見逃してね、テヘペロ☆」のどれかです。ですから鑑賞する側としては、「年初恒例、人の〝幸せ〟に鬱々としてみせる」も一種の38歳独身プレイ、レクリエーション的鑑賞方法ですが、こたつで日本酒でも飲みながら「アイツめ、ちょっと痛めに門松に刺さりやがれ」と念を送るのも一興です。

あとがき

20年もののシャンパンの味は、微かに酸っぱかったのだ

先日、娘がとうとう20歳になってしまった。誕生日に家族が集まり、お母さんの私は(〝河崎さんって家事一切しなさそう〟〝パンツとかはいた先から捨ててそう〟とかの)世間のイメージに反して実は大変な料理好きであるという意外性を存分に発揮し、我が家におけるホームパーティの常として料理を振る舞ったのであるが、メインは料理ではなくて〝娘の生まれ年のシャンパン〟であった。

娘が18歳の誕生日を迎えた頃に、「そういや、あと2年もすれば娘と酒を飲めるではないか！ ハタチの誕生日に、みんなで生まれ年のワインを飲むなんてお洒落である」と思いつき、探し始めたのだ。するとほどなくしてワインでなくRM(小規模経営の栽培

醸造家）のシャンパンが見つかり、「ううむ、ミレジメ（良作柄だった単一年度のワインのみで仕込むシャンパン）か……。20年近くも熟成したシャンパンが美味しいのかどうかわからん」と一瞬悩んだのだけれど、「ま、泡っていうところが女子っぽくていいかも」と入手し、大事に我が家の小さなワインセラーの奥で保管してきた。

娘の誕生日が近づくと、成人式に向けた写真撮影やら何やらも絡んで、大変な忙しさだった。娘と写真館で着物の衣装合わせを行ったその足で仕事へ赴き、このコラムがきっかけでお声掛けいただいたラジオ番組で「一億総活躍プランの欺瞞」について語った夜の浮き足立ち方は、ちょっと忘れられない。

そんなこんなを乗り切りながら、10年来のお付き合いがある美食家の女性編集者に「娘のハタチの誕生日に、生まれ年のシャンパンを開ける予定なんですよ」と話すと、「あら素敵！　その年は良年ですから、綺麗に熟成しているといいですね。これまでどうやって保管されてきたか、それだけにかかっていますが……」と、期待度50％、不安度50％のお返事をくれた。

いよいよという瞬間、私が慎重にコルクを抜くと、それは奥ゆかしい「ポン」という音を立てた。フルートグラスに注いでも、ジュワジュワっと勢い良く泡立ったりせずに、細かな泡が品良くするすると立ち上るのだ。

口にすると、それはあの女性編集者が言った〝綺麗な熟成〟なのかどうか。新しくて安めのシャンパンやスパークリングワインばかり飲みつけた私の野暮な舌には「なんかすごくビミョーな、微かな苦味と酸味」が感じられた。いつも私の酒に付き合ってくれるアラフォーの義妹は「ちょっと甘めだね」と言い、ハタチの娘は「あれだけお母さんが嬉しそうに飲むお酒ってどんなに美味しいのかと思っていたけれど、想像と全然違って苦いんだねぇ」と、肉料理のほうをもりもり食べていた。

娘がハタチになるとは、私のお母さん歴が満20年を迎えるということでもあった。その年月を瓶詰めしてゆっくり熟成させてきたシャンパンの「ビミョーな感じ」は、まるで私の20年を総括しているようにも思えて、私は責任を取るふりをして独りでどんどんグラスを進めるのであった。

この連載で何度も口にしてきた〝女性活躍推進〟という言葉の真骨頂とは、それこそいまから20年前のメディアでは何かと消費やら恋愛やらの場面でのみ描かれ規定されがちだった、「女の生き方」「女の居場所」を広げたことにある。ドラマやファッション誌で描かれる、女が食べる場所やうろつく場所、着るものを買う場所、口説かれる場所ではなくて、「食い扶持を稼ぐ場所」「責任を負う場所」「キレイな顔と体ではなく、まともな頭と人格を持つ人間として発言する場所」を、いまや当然のレベルへ広げたということだ。

この数十年、女を取り巻く価値観は非常に流動的だ。過去のフレームワーク（価値観体系）に過剰適応して自分を固めてしまった女は、新しく待ち構えるフレームを前にした時、自分を見失い、言葉を失う。見回してごらん、男も女も死屍累々だ。たとえ今後どんな時代がやってこようとも、状況に応じて柔軟に自分を仕切り直せる準備がある女なら、生き残れるのかもしれない。

私は「アラ」のつかないフォー、正真正銘の40超えオンナだけれど、大学卒業以来これまでの20年が、ちょうど終わった。ではこれからの20年をどう熟成させるか、酸っぱくするのか、それとも綺麗に熟成させるのか。心地よく、それぞれの優美さを纏《まと》う人生の集大成へ向けて、オンナの熟成はひとえに私たち次第なのだ。

さて、そんな酸っぱい私のコラムに最後までお付き合いいただいた読者の皆さまには、心からの感謝を申し上げたい。連載開始当時の編集長・中山博子さんの「河崎さんは、下世話な話をしても品があるから大丈夫」との身にある高評価だけを頼りに「品のあるゲス」（?）を目指したこの週刊連載も、約1年に及んだ。2人の優れた編集者さんに恵まれ、毎週やってくる〆切のプレッシャーで私が就寝中の歯ぎしりに悩むのを知ってか知らずか、皆さんとっても優しく励ましてくださる上に、仕事の早さ、丁寧さは驚くほど。原稿に詰まると好きなバンドのライブDVDに逃避する私の手を引いて、ここまで上手に連れてきてくださった編集・吉岡綾乃さん（中高演劇部の尊敬する〝男役〟先輩である）と土弘真史さん（新婚ムフフ）に、伏して感謝申し上げます。

また、この原稿を書籍にまとめるにあたり「早く世に届けたい」と攻めに攻めてくださったプレジデント社書籍編集部・渡邉崇さん（シン・ゴジラが他人事でない40男）と、「読後に初めて外出した時、世の中の景色が違って見えました」と筆者殺しのコメントを下さって私をメロメロにしたファム・ファタル大西夏奈子さん。お2人のご尽力のおかげで、わりとタイトな書き下ろしスケジュールも頑張れました（笑）。

最後に、奇矯な私の24時間×365日×20年以上に付き合ってくれている、私の辛抱強く大事な家族たちへ。「この本を捧げる」って書けって言われたけど、いくらなんでもそりゃ痒《かゆ》いんで、代わりに「いつもありがとさん」。

河崎《かわさき》　環《たまき》

フリーライター／コラムニスト。1973年京都生まれ、神奈川育ち。桜蔭中高から、転勤で大阪府立高へ転校。慶應義塾大学総合政策学部卒。海外遊学、予備校・学習塾での指導経験を経て、2000年より教育・子育て、政治経済、時事問題、女性活躍、カルチャー、デザインなど、多岐にわたる分野での記事・コラム執筆を続けている。欧州2カ国（スイス、英国ロンドン）での暮らしを経て帰国後、Webメディア、新聞雑誌、企業オウンドメディア、テレビ・ラジオなどにて執筆・出演多数、政府広報誌や行政白書の作成にも参加する。

女子の生き様は顔に出る

2016年12月5日　第1刷発行

著　者　河崎 環
発行者　長坂嘉昭
発行所　株式会社プレジデント社
〒102-8641 東京都千代田区平河町2-16-1
平河町森タワー 13F
http://president.jp　http://str.president.co.jp/str/
電話　編集(03)3237-3732
販売(03)3237-3731

販　売　桂木栄一　高橋 徹　川井田美景　森田 巌
遠藤真知子　末吉秀樹　塩島廣貴
編集協力　大西夏奈子
編　集　渡邉 崇
装丁・本文デザイン　秦 浩司(hatagram)
制　作　小池 哉　田原英明
印刷・製本　株式会社ダイヤモンド・グラフィック社

ISBN978-4-8334-2209-3
Printed in Japan